福沢諭吉の事件簿

I

鷲田小彌太

言視舎

目次

福沢諭吉の事件簿Ⅰ

事件簿１

「スパイ」松木弘安の巻

＊松木弘安とはのちに外務卿として活躍した寺島宗則のことである。

1　熊谷宿からの使者

元治元年（文久四年１８６４）一月、門松がようやくとれたころである。

築地は鉄砲洲にある中津藩中屋敷の五軒並びの長屋の一角を占める福沢諭吉の居宅を訪ねた者がいた。

すでに明け六つ（朝六時）を回っていたがまだ十分に暗い。昨日、ひさしぶりの暖気に塾生どもほっとしたとはいうものの、暮れはじめるとともにいっきに気温が下がってゆき、宵っ張りで寒がりやの諭吉は素訳のチャンブル「政治経済」を読み直しだしたところ、つい熱中、読み切ってしまったままうまく寝付かれずに布団からわずかに首を出し、枕元のほとんど空になった寝酒の徳利をぼんやりと眺めているさなかだった。

表戸をほとほととたたく音がする。小さいが強く訴えかける力があった。家人は生後まもない赤子の夜泣きで疲れきって寝入ったままなのか、こととも起きる気配がしない。

諭吉はゆっくりと寝間着のまま蒲団から抜け出て、胴震いをひとつつくれながら上っ張りに手を通し、暗い塾生食堂を抜けて三和土（たたき）のほうに足を進めた。戸口から少し離れたところで用心深く立ち止まった諭吉が、低く声を投げた。

「どちらで。」

「福沢先生のお宅でしょうか。早くから申し訳ありません。福沢先生はご在宅でしょうか。」

と若々しいしっかりした声が返ってくる。

「福沢だが、こんな時刻に物騒なことだね。」

一瞬、間をおいて、だがはっきりと、

「福沢先生ですね。」

と弾むほっとした声が小さく響く。

物騒な客ではないと得心できるほどの確信をえられなかったものの、諭吉はゆっくりと引き戸を開ける。利き腕の右手は脇差に添えたままだ。

戸口からおよそ一間ほど離れていただろうか、黒い影が直立している。容貌は月明かりを背に立っているのでしかと判別できないが、若々しい姿態の男で、背は諭吉とおなじくらい高く、だがぐっと細身である。

「福沢先生ですか。怪しいものではありません。わたしは船頭見習いで、武蔵国熊谷宿からやってきたものです。」

名を名乗らない。用件をいったわけでもない。が、危害を加えようとする気配はなく、怪しいものではないにちがいないと確信するところのあった諭吉は、それでも警戒心を完全には解くことなく、若者を請じ入れた。いっしょに大川河口を渡ってくる寒気がまっすぐ侵入してくる。

諭吉には若者が発した「熊谷宿から」に瞬時にして気づくところがあった。


しかしそれとは口に出さず、諭吉は先ほどまで床のなかで縮こまっていた居室にまっすぐ進む。薄暗闇のなかをすぐに行灯の光にたどり着き、向き直って暗がりから現れた若者の顔を間近にはっきりと見た。

深く一礼して顔を上げた若者の姿態からしずくがほとほとと滴り落ちている。夜露ばかりのためではなさそうだ。よほど遠くを急いできたように、顔は上気のためか湯気を帯びるかのようにかかっている。

諭吉は火鉢の灰のなかからわずかに残った埋もれ火を掻き出し、若者の前に押しやる。

「熊谷とはまた遠いね。日本橋からだって十五里（六〇キロ）ではきかなかろうに。急ぎの用事でもおありらしいが、ま、ひとまず腰を落ち着けなさい。」

若者は膝をただしたままなかなか用件を切り出せない。瞳を大きく見開いたままじっと諭吉の顔を正面からにらみつけるようにみつめている。口火を切るのを必要としているのはどうも諭吉の方らしい。苦笑しつつ諭吉から切り出した。

「熊谷というと、どうも弘安先生がらみのようだね。薩摩の松木さんとは先年欧州へ一緒に行ってきましてね、行方知れずということですが、あなたその使いでしょうか。」

ほっとした表情になって深くうなずいた若者は諭吉の顔をしっかりと見つめながら、まずその名と身上を述べ、いきさつを話し出した。ひどく早口である。

「わたしは先生とおなじ呼び名で『ゆきち』といいます。由吉、よし・きちで、ゆきちです。じいさんが利根川を挟んだ熊谷の対岸、上州は太田宿、福沢村在住の渡し船頭でして、その手伝いをさせられています。」

諭吉はわが耳を疑った。もういちどこの若者の顔を凝視しなければならない。

「福沢村とおいいかい。じつはわたしの先祖も福沢村の出なんだそうだ。ただし信州の福沢ということで、それ以上のことはわからない。が、それで福沢と名乗ったようなのだ。じつに奇縁だね。」

若者はうなずいただけで驚く表情を見せず、話を続ける。

「松木先生を知るようになったのは、利根川は妻沼（めぬま）の渡し場付近で出会ったときからです。先生は夕刻ときどき河原のはしで利根川を臨みながら居合の稽古をしています。わたしも暇なときは棒振りのまねごとをしていますので、遠くからうかがうだけでしたが、ある日思い切って間近の見物のお許しを得ようとしたところ、不快な表情をされました。それでも何度かじっとうかがっているのに気づかれたのか、ようやく見物をお許しいただくことができました。

それからおよそ一月もたったころです、おまえも剣を握ってみるかと誘われました。望んでもいなかった意外な誘いで妙だと思い、居合でも仕掛けられるのではないかと躊躇しましたところ、『なに、訳がある。おまえの呼び名とおなじ友がいる。ゆきち、さと・きちだ。しかも福沢という。ふくざわゆきちで同姓同名ではないか』というわけです。

わたしも偶然にしてはできすぎだなと思いましたが、逆に、ぜひお会いしたい気持ちにさせられました。」

由吉はここまでいっきに語り、一拍おいた。肩で息をして、強くいい切る。

「その松木先生の使いで、昨夜、江戸に着きました。」

ようやく声に落ち着きが戻ったらしい。

同姓同名の「ふくざわゆきち」と名乗られ、弘安に剣を学んでいると知らされた諭吉は、枕元にあった太めの徳利を膝まで引き寄せ、自分の茶碗に注ごうとしたが、底のほうに少し、わずか半合も入っていないのに気がついてわれながら苦笑し、

「茶でも飲みますか。」

と由吉に声をかける。由吉が首を左右に振ったので、耳の端でこの青年の話をとらえながら、茶碗に注いだ冷たい酒滴が喉元から気持ちよく下りていくのを楽しみつつ、おのずと半年前の事件をゆっくりと反芻しだしていた。

昨年七月のことだ。松木弘安がおなじ薩摩の五代才助(のちの大阪商法会議所会頭、五代友厚)とともにイギリス艦船から蓄電した。どうも中山道の熊谷宿近辺に潜伏しているらしい。この程度は洋学仲間からすでに聞き及んでいる。

この二人の逐電を手引きをしたのが清水卯三郎で、諭吉も旧知の間柄である。弘安と才助がイギリス艦隊に拉致監禁され、横浜港で脱出したことまでは清水から知らされていたが、その経緯とのちの詳しい消息がどうしてもつかめない。清水に強く問いただせば、あるいは事情を知ることができるやもしれない。弘安と連絡をとることも可能だろう。だが、それではかえって清水はもとより、弘安や才助の身に危険が及ぶ可能性が大きい。

それに弘安や才助の身を案じている暇などは、じつのところこの時期の諭吉にはほとんどないも同然だった。「攘夷の嵐」が吹きあれ、開国派の諭吉の身にもその猛威が日々具体的に感じられるようになっていたからである。

むしろ潜伏しているだろう松木弘安のほうが身の安全をはかりやすいだろうと思えるほどに、開国派、洋学派は攘夷のテロに安閑としてはいられない毎日が続いていたのである。弘安が、いくら田舎だとはいえ、見晴らしのきく渡し場付近で居合の稽古をしているなぞは、諭吉などには考えおよびもつかないことであった。

六年あまり前、兄が亡くなって家禄を継いだあと、諭吉は豊前中津に母をおいたまま大坂の適塾に戻ろうと決心し、兄が残した借金を完済するために学者でもあった父の膨大な蔵書を売却した。それでも返済金には足りなかった。家財、刀もすべて売り払わざるをえない。だが父が大事にしていた家宝ともいえる刀を売り払うなぞはむしろすっきりしたといっていい。「刀や槍のいらぬ人生を歩みたい」、これが諭吉の終生変わらぬ生き筋だったからだ。

しかし諭吉の思いとは裏腹に、刀は必要いや必須だった。一つは幕臣になったためで、出仕のときも、鉄砲洲の中屋敷から出て新銭座に塾を移し、使節団の随員として渡欧したときも、帯刀が正装である。二つに帰国して再び中屋敷に戻ってきた数年間、激しくなったテロに遭遇しないようにと夜中の外出を徹底的に控えただけではない。家や塾のなかでも脇差だけは片時も身から離そうとしないほどの用心を要した。塾生のなかにもいろいろと毛色の変わった者がいる。攘夷を叫び、諭吉暗殺を謀るものが出てくるともかぎらない不安定な時期なのだ。

事実こんな話があった。諭吉が渡欧する前年だから、軍艦奉行木村摂津守の持ち家である芝の新銭座の借家に塾を移した時のことである。

この移転で、藩の管理や監視からわずかばかり逃れて自由になった分、テロの危険もました時期でもあった。もっとも万延元年（1860）三月に桜田門外で大老井伊直弼が、十二月にはアメリカの通訳官ヒュースケンが殺戮され、江戸はざわざわしていたが、攘夷のテロはまだ特定の有名人士にかぎられていたので、諭吉に累がおよぶ危険は小さかったころである。それでも諭吉は警戒を怠っていなかった。

　ある日、取り次ぎの下女が、
「大きな人で、片目で、長い刀を差している客が来ました。」
と呟き込むようにいう。物騒な人斬りかもしれない。警戒するに越したことはない。そう思って物陰からそっとのぞいてみた。なるほど下女のいうとおりの風体である。だが、これがなんと適塾時代の親友で、筑前の原田水山その人なのだ。れっきとした医者でもある。

　とはいえそもそも本人が名前を名乗らないのが悪い。この場合は笑い話で終わったが、疑心暗鬼と疑われても仕方ないほどの警戒心を諭吉はつねに失っていなかったのだ。

　ところが欧州から帰ってくると、わずか一年のあいだに、日本の攘夷熱は沸騰へと一変していた。開国・洋学派は誰彼となく攘夷の無差別テロの標的になっていたのである。よくよく考えてみるまでもなく、江戸から幕府や藩の「探索」の手を逃れ、僻村に姿を消した弘安のほうがずっと安全だったということになる。

　利根の河原に近い寒村なら、あるいはヤクザに絡まれることがあるやもしれないが、攘夷のテロに身をさらす危険はよほどのことがないかぎり考慮する必要はない。江戸のような日々刻々の身辺不安もさらさらないにちがいない。

船頭見習いに利根の河原で剣術を教えるなどは、毎日がテロの危険にさらされている諭吉には正気の沙汰とも思えなかったが、そう思うといっそう大きな苦笑いが諭吉におのずとやってきて、ようやく、

「五代先生が……」

という由吉の話に引き戻されていった。


しかし由吉のもってきた話は、さらに意外だった。

「今日の未明、松木先生もひそかにわたしと一緒に江戸に入りました。福沢先生にお会いしたいそうですが、ともども危険が及ぶことをおそれています。それで言づけをいいつかって参りました。」

由吉は、ここで諭吉を直視し、話を続けてもいいかどうか、を促すそぶりを示す。

容易ならざる用件を携えてきたらしい。ここで話を続け、相談に及んでもいいかどうかをまず諭吉に質してほしい、と弘安にしっかりと命じられてきたものらしい。

そう察知して諭吉は、

「どんな言づてです。」

と話をうながす。ただし胸の内で（これでいいのかと）反問しながらだ。

どっちみち聞かざるをえないとは思えたが、若者の話をここで遮って、不問に付すこともできる。

それでいちおう諭吉の安全はとうぶん確保されるだろう。だが弘安とのつながりはこれで終わるかもしれない。きっと終わる。終わっても致し方ない。こうも思える。

しかし自分とおなじ呼び名の若者が運んできた用件は、なぜか諭吉が身の危険を冒してでも肯うことができるほどに、未知で重大な事案を含んでいるという予感を抱かせたのである。自分と同称の若者が醸し出す惑力が、わずかのあいだに諭吉をいつもなら躊躇するにちがいない「危険」へと引きずり込んだというべきだろう。


「松木先生はこのまま江戸に潜伏し、長崎に下ろうとしています。先生から福沢さんに伝えろといわれたことは、こういうことです。

『松木に対する薩摩藩の免罪許可はまだ出ていない。半年たっても埒があかないかも知れない。しかし五代才助はすでに長崎に向かった。わたしだけこのまま僻村で手をこまねいていることはできない。この二月か三月に福沢先生は中津に一時帰郷するそうだと聞いたが、密かに同道し、相談したいことがある。その際、ぜひにも引き合わせたい人もいる。』」

相談したい案件、あわせたい人、とはなんだろう。この若者に聞いてもムダだろう。まずこう思案できた。

しかしこの慎重居士の諭吉に、慎重かつ小心の松木が自ら江戸に潜行する危険を冒してまで助力を求めていることである。尋常のことではないだろう。こうはっきり予測できる。

松木弘安は諭吉より三歳年長の医者で、このとき三十三になっている。

薩摩の郷士長野家の次男として生まれたが、幼時、父の兄で子がいなかった伯父にあたる松木宗保（医家）の養子となり、十二歳のとき養父が帰藩するまで長崎で育ち、蘭学を身につけた。十四歳で養父の死によって家督をつぎ、すぐ江戸に留学して、蘭学を伊東玄朴、儒学を古賀謹堂（昌平坂学問所教授）という当代一の学者に学び、玄朴塾では塾頭まで勤めた薩摩藩きっての開明派の俊英である。

それだけではない。旧藩主で隠居の島津斉興、その嫡子で前藩主の開明派斉彬、斉彬の急死後その異母弟で国父の地位に登って藩の独裁権を握った久光に、ともども重用されてきたのである。この三人は一筋縄ではいかない背理同致の関係にあった。弘安が三人にともども寵愛されたのは、能吏だったからだけではないだろう。政治的立ち居振る舞いも巧みだったのだ。ただしどちらかといえば医者の道に進んだのに、文系になじんだ諭吉とちがって、理系の才に秀でている。

弘安は、二十五歳で幕府蕃書調所の教授助謹（助教授）となり幕府外国奉行支配翻訳方に雇われ、英・仏語を習い、万延元年（１８６０）教授となって、翌年十二月、幕府第一回遣欧使節団の一員（翻訳方兼医師）として渡欧した。

この一年にわたる渡欧期間中、諭吉は、松木弘安、そして箕作秋坪（みつくりしゅうへい）とことあるごとに集まり、卓を囲んで密に厚情と口論を交わす仲になった。三人は年齢は違えども「終生の友」を誓い合った仲だといっていい。ちなみに箕作は津山藩士で、諭吉より十も年上だが緒方洪庵の適塾で同門の医者、弘安にとっては蕃書調所の先輩である。

この時期三人とも雇員だがいわゆる「幕臣」の一員でもある。

2 薩英戦争

およそ半刻（一時間）後、福沢家の表口から身を滑らせた若者がいる。

長身で丸腰だ。右に道を取り掘割に添いながら、あとも見ず北に向かって急ぐ。その若者が藩邸の門を抜けて半町（五〇メートル余）ほども進んだだろうか、そのあとを影のようにつきしたがう男が薄明かりのなかからぼんやりと姿を現した。両刀をたばさむ武家姿である。

欧州から戻って以来、諭吉の塾はつねに監視の目にさらされている。小人目付（幕府密偵）の場合がほとんどだが、ときに徳川譜代である中津藩の者とおぼしき監視の目も混じる。

英塾に看板を替えてからなおのこと監視がきつくなった。新銭座の借家から鉄砲洲の中屋敷に戻ってからは、直接、塾や福沢の居室を伺うような露骨な視線はなくなったが、藩邸に出入りする若者を誰彼となくチェックする目が絶えることはなかったのだ。

未明に藩邸の門をくぐり、諭吉の居宅に姿を消し、今また戸口に現れた若い男のゆくえが探索の標的にされたのは明らかだった。

二人の男が視界から消えてすぐ、再び表門の脇戸が静かに開き、これまた長身の若者があらわれ、こんどは道を左にとり田沼玄蕃頭の屋敷を左に折れ、数馬橋を渡って急ぎ足で去った。その若者にも追跡の影が伸びていることをはっきりと窺い知ることができる。福沢は小心ではなかったが、慎重にも慎重を期す男である。

およそ六つ半（七時）を少しすぎ、冬の空がはっきりと明けはじめたとき、三人目の若者が大川側に抜ける裏口からそっと送り出された。福沢村の由吉であることは、諭吉だけが知っている。由吉は二人目の若者がたどった道をゆっくりと進んでいった。

諭吉は由吉の行く先をあえて問いたださなかった。が、およそ見当はついている。

弘安の師で幕府蕃書調所教授の川本幸民（かわもとこうみん）が芝露月町に医者の看板を掲げていた。五十なかばだが幕末知識人世界の重鎮で、毎日のほとんどは薩摩藩や幕府の御用向きで忙殺されており、医業は弟子たちに任せっきりだ。

弘安がつなぎをとろうとすれば、芝の医所のほかにはない。そう目星をつけた諭吉は昼過ぎふだんの着流しではなく、正装で藩邸を出てまっすぐ芝に向かった。数馬橋を渡りきってすぐに目の端を追跡者の影が横切るのを感じ取ったが、いつものとおり大股で道の真ん中を進む。なんどか掘割に架かる橋をわたり、中津藩上屋敷を迂回するようにして芝口に出て南下するまでの半里ほどの道のりをとるあいだに、男の影は消えていた。

「川本先生おひさしぶりでございます。日は多少遅れましたが正月の挨拶に出向かせていただきました。」

諭吉の予想通り幸民は医所にいた。諭吉が姿を現すことを当然と受け止めるような気配が幸民にある。広間のほうからは明るい声をたてて弟子や洋学関係者連が多数杯を重ねている様子が伝わってくる。

幸民は三田（さんだ）の藩医の家に生まれ、若き日刃傷事件を起こしたため浦賀で蟄居生活を送ったことがあるほどの剛毅な性格をもっていた反面、つい先年『化学新書』を訳述し終えたばかりの老熟の学者、日本化学創始者の一人で、五十五歳、あくまでも柔和かつクールな雰囲気をもっている。

「福沢さんもお変わりなきようで、なによりです。新著の上梓はいつくらいになりますかな。わたしも心待ちにしておる一人なのです。」

諭吉が、先の欧州使節に随行してえた見聞やメモ、それにおびただしい原書を材料にして、最新の西洋事情を書き記していることは、すでに洋学仲間内ではよく知られていた。

「これがなかなかで、公儀上層部や攘夷派の圧力があって上木までこぎつけるのに苦労しそうです。ところで先生、今朝、福沢村の由吉なる若者が訪ねて参りました。わたしと同姓同名ともいうべきで、ひどく驚かされたところです。詳細はまだ聞きおよんではいないものの、その若者がもたらした話にもまた驚くべきものがあります。」

幸民は懐から紙片を取り出し、一言も発せず、諭吉のほうに押しやった。

〈今夜、ここで〉

という文字が記されてある。弘安の手ではない。幸民みずからしたためたものだろう。幕府蕃書調所の重鎮で、洋学派の頭目とでもいうべき幸民のことだ。時節がらどこに聞き耳を立てている人物がいるやもしれない。

諭吉が医所の離れの一室を借りて仮眠して目覚めたとき、部屋の隅で瞑目のまま胡座を組んでいる弘安がいるのを認めた。昨年二月、遣欧使節団員に課せられる復命書の作成に忙殺されていた弘安に、藩主島津忠義から急遽帰国せよとの命が下ってからだから、およそ一年ぶりの再会である。

諭吉が声をかけるとゆっくりと目を開ける。弘安の顔は柔和のままだったが、頭はかつての坊主から小さな丁髷（ちょんまげ）に変わり、あご髭もわずかだが蓄えている。

「よく熊谷くんだりからひそかに出てこられたね。」

「今朝明ける前、川本先生につなぎをとって、朝からこの医所に身を潜めていたんだ。」

諭吉が幸民を訪ねたと知った時点で、すでに弘安は諭吉との再会を確実にしたが、すぐに諭吉と会おうとはしなかった。広間の騒ぎが終わり、客たちがすべて姿を消すのを待たねばならなかった。

クールな弘安の目が潤んでいる。よくこの潜伏先がわかったな、などとは聞かずにまじまじと諭吉をみつめたままだ。すでに師の幸民とは会っているとはいうものの、昨年七月に鹿児島湾から消息を絶って以来、信をおき情をかよわすことのできる者とのはじめての再会である。

諭吉と同じ年の五代才助とは数ヶ月のあいだ行をともにした。だが率直につきあいのできる間柄にはどうしてもなりえなかった。才助は、学者であろうとする弘安や諭吉とは別種の人間、心の奥底を容易に見せない人種に思えたからだ。

「お願いがある。」

と弘安は正座に直して、直截に切り出す。

「今朝、鉄砲洲の屋敷にうかがわせた福沢村の由吉の探索により、諭吉さんは中津に一時帰国されるということを知った。ぜひ同道をお願いしたい。もちろん同伴同宿という具合にはゆかないだろう。だが、たってのお願いだ。

ただしきみには小者としてあの由吉を是非にも伴ってほしい。由吉はわたしとのつなぎの役など、何かと役立つだけでなく、諭吉さんの今後の活躍にとってもなくてはならぬ人間になるような気がしてならないのだ。

ともに広く西洋を見てきたとはいえ、わたしなんかより福沢諭吉という男は、この乱世を生き抜いて、開化日本のために大いに役立つこと、役だってもらわなければならないこと自明である。ただしいまこのときにかぎってはこの非力な弘安の力になってほしいのだ。わたしというものはじつになさけのないことに、いまここできみより他に頼るべき人物をもたないのだ。」

この三歳年上の先輩がひさしぶりに吐く気炎に面はゆい思いをしながら諭吉は黙って聞いている。

「じつは昨年薩摩に帰国して、久光公から拝命したのは御船奉行だった。五代才助が添え役（副官）

である。蘭学の知識をもとに技術畑を歩いてきたわたしにはまったくお門違いの役と思えたが、殿直々のご下命である。断ることなどできようはずもない。

そんなこんなで、五代才助とともに、例の生麦村で起こった事件で生じた対イギリス海軍との賠償交渉だけでなく、イギリス戦艦と戦闘中止の交渉を図り、また決裂に備えて海戦準備を整えるという、一年前には思ってもみなかった外交・軍事の最先端での重要な役回りがめぐってきた。とても諭吉さんのように学問・教育一筋でやってゆける状況じゃなくなったわけで、学業も当分お預けになった。」

言葉自体は大いに不運につきまとわれ憤懣やるかたないといっているようだが、声の調子は明らかに、洋行中、箕作秋坪を含む三人のなかではもっとも政治音痴と思えた弘安が、大国薩摩の外交・政治の最前線で活躍するチャンスをえたことを好機と捉え、よろこぶ響きをもっている。諭吉にはそう聞こえた。

「ところが賠償交渉の決裂である。イギリス艦隊と戦端が開かれた。船奉行として薩摩保有の汽船が敵艦隊に拿捕されるのを防がなければならない。五代とともに敵艦に乗り込んで交渉に当たったのはいいが、わが汽船が爆発炎上し、それを宣戦布告と見なしたのか、薩摩軍が大砲を英艦めがけてガンガンぶち込んできた。ために五代とともに敵に拉致された上、味方の標的になっていたのだから、まったく生きた心地がしなかった。」

ここで弘安は言葉を引き取って、少しのあいだ黙した。少しいいよどんだあと、ぽつりと、

「それにしても五代の言動がどうも解せない。」

と漏らし、また長い沈黙に入る。

諭吉も黙っている。五代才助の「活躍」ぶりはおおよそ聞き知っていた。

幕末、日本に外国と対で通商を行う才のある人物はほとんどいなかったといっていいだろう。国内向けの商人はいる。藩間貿易の拡大は各藩の財政破綻を防ぐ緊急課題であった。

明治になって岩崎弥太郎や渋沢栄一が頭角を現し、急速に商才を伸ばしていく。しかし幕末である。国際貿易に才ある人間は、というか商才を発揮した人物は、諭吉の知るところではわずかに二人だ。

一人は幕府の勘定奉行を務め、西洋式の軍政改革を大胆に進める大身旗本の小栗忠順である。

一八六〇年、日米修好通商条約批准書交換のため幕府使節がアメリカに派遣された時の目付（副使格）であり、伴航した咸臨丸には軍艦奉行の従僕として諭吉が乗っていた。帰国後、諭吉も軍艦奉行木村摂津守を介してなんどか親しく知るところとなり、その鋭利な才知と剛直な決断・行動力に賛嘆させられてきた。

ところがこの小栗、勝海舟の仇敵とでもいうべきライバルである。「小栗が浮かべば勝が沈み、勝が浮かべば小栗が沈む」という関係で、小身御家人の勝は大身旗本小栗に燃えるような対抗心を持っている。

諭吉は、むしろ人脈的には勝に近かった。勝の才も認めざるをえない。だがなにかと策を弄する勝がどうしても好きにはなれない。

だがもちろん、このときの諭吉には、勝が幕府の代表として官軍の大将西郷隆盛と江戸城で対面して無血開城を計り、維新後も生き延びて新政府に請われ海軍卿になるだろうことはもちろん、官軍との主戦論を最後まで主張した小栗が、領地に隠居後、官軍によって捕縛され、問答無用同然の形で郷里の河原に引き出されて斬首になるなどという、明暗分けた二人の運命を、推し量るすべもなかったが。

いま一人は五代才助である。薩摩が欧州製造の軍艦や武器だけでなく軍需資材等を矢継ぎ早に輸入し、強力な軍需産業、強大な軍事力を養うことができたのは、五代の有り余る商才があってのことだという「風聞」は諭吉にも届いていた。

薩摩の豊富な資金源は「密」貿易である。琉球、上海を介しての中継貿易ばかりでなく、長崎で外国商人とがっぷり四つに組んで少しも引けをとらない商事（ビジネス）＝「闇取引」をおこなっている。そういうことができるのは、才助の辣腕があってのことだとは処処で聞かされている。そういう才助が諭吉と同じ年なのだ。活動領域は異なるが、否が応でも才助をライバル視する気持ちがおのずと湧いてくる、妙に気になる存在なのだ。

諭吉にはすぐに弘安の「疑問」が腑に落ちる感じがする。弘安が長い沈黙を破って、一語一語を区切るように語り出した。

「薩摩の持ち船を爆破したのは、信じられているのとはちがって、イギリス側ではない。事実は、才助自身が、敵に奪われるくらいならみずからの手で、と導火線を使って爆破したのだ。導火線である。用意周到な爆破計画のもとに、あらかじめ自軍の薩船に爆薬を仕込まなければ不可能だ。薩国の三艘の蒸気船を安全確保することが船奉行としての任務である。自爆などという機略があろうとは、この奉行のわたしにも事前に知らされてはいなかった。まったく才助の独断である。

薩蒸気船の乗組員全員を下船させ、才助とわたしで停戦交渉をしたいと伝えると、いままさにドンパチが始まろうという瞬間であるのに、敵艦にやすやすと乗船することができた。ところが才助の談判そのものは、『薩摩の兵士十万余は討ちてし止まんの勇猛心で戦いに臨んでいる』とじつに激しかったものの、交渉は文字通りの押し問答に終始した。

そうこうするうちに空の三艘の薩摩船が爆破炎上する。まさに正午きっかりで、これを敵の先制攻撃と見なした薩軍大砲が陸からいっせいに放たれた。開戦である。薩船の自爆は開戦の合図に使われた感がある。薩海軍の首脳二人が最初の捕虜となり、被弾損傷した旗艦ユーリアラス号に移され、尋問を受けることとなった。」

弘安は遠くを望むように目線をあげ、語り続ける。

二人は捕虜になった。しかし交戦中である。激戦はおよそ二刻（四時間）ほど続き、両軍に甚大な被害をもたらした。

　二人ともいったんは銃殺を覚悟した。だが捕縛監禁とはほど遠い処遇なのであった。交戦中、船室に軟禁されてはいたが、かならずしも脱出逃亡は不可能ではなかった。しかも戦闘があったその日の夕刻、弘安は旧知の間柄である男に声をかけられ、ビックリ仰天する羽目に陥る。

　清水卯三郎である。箕作元甫に蘭学を学び、弘安や諭吉とは英学仲間である。実家は武蔵国羽生で酒造業を営む富家だ。卯三郎自身は江戸、横浜で大豆を手広く扱う商人としてよりも、諭吉たちのあいだでは蘭語はもとより、ロシア語、英語に通じた一流の通詞として有名であった。艦上で弘安と才助に声をかけたときも、驚くなかれ幕府側の通訳としてユーリアラス号に乗船していたというのである。

　二人を見つけ、声をかけてきたのは清水のほうからだった。二人が捕虜として軟禁されていることにさほどの驚きの表情も見せず、

「この際は自重が肝心ですよ。英軍側には二人を処断する気配はない。二人には戦闘の後始末の交渉で必ず出番がある。だから船奉行として薩船を失った責任を理由に自裁する必要などまったくない。ましてや隙を見て英艦を爆破し、自爆を謀るなんぞは愚の骨頂だ。」

　こう強く釘を刺したのである。

　敵艦は薩側から激しい砲撃を受け、旗艦の艦長、副長を失い、騒然たるなかにあった。捕虜のことなどほとんど思慮の外である。

弘安は、混乱の隙を衝いて船倉に潜り込み、敵艦もろとも自爆して果てようかという想いが一瞬よぎったばかりであったから、そのときは、清水の図星の指摘に驚くよりも感心し、得心してしまった。

だが時を経るにしたがって別な想念が頭をもたげてくるのを抑えることができなくなる。とくに五代才助が潜伏先の熊谷を抜け出して長崎へ潜入をはたし、一人下奈良村に取り残されてからは、その想念はもはや疑い得ない事実にちがいないと思わずにはいられなくなる。その疑念の是非を冷静な目で諭吉に判断してもらいたい、というのが今回の江戸潜入のもうひとつの目的なのだった。

「五代才助は英海軍のスパイではないのか？　もしそうだとして、スパイになった理由は奈辺にあるのか？」

これが横浜に上陸し、熊谷宿の外れの下奈良村に潜伏して以来、五ヶ月間、松木弘安の頭と胸の中をどうどう巡りした疑問である。弘安には動かし難い回答ができあがっていたが、親友の諭吉に審問してほしいという。

3　弘安の疑惑

宵の五つ半（九時）頃か、神社仏閣に取り囲まれた芝は愛宕下の暗い脇道を急ぐ人影の背後から、ひとつの黒い影が疾風さながらに襲いかかった。すでに真剣は抜き放たれている。迫り来る殺気を察知した人影が振り向きもせず小走りに前進した。強襲する抜き身が一瞬早く彼の背を切り裂いたように思えた。だが、のけぞって地に音もなく崩れ去ったのは襲った黒い影の方である。目をこらしてこの闇の中の惨劇を見つめていた者には、打ち下ろされた刀身の閃きよりも一瞬早く、身をかがめた男の手から放たれた放物線を描いて伸びる光芒が見えたに違いない。すべては闇の中の出来事であったが。

立ちあがった男は骸（むくろ）となりつつある黒い影に一瞥をくれることなく闇の中を進み、ほどなくぼんやりと明かりが漏れる屋敷の前に立った。今未明に諭吉の居宅を訪れた青年、由吉である。不思議なことに無刀のままだ。

由吉が諭吉と弘安が密会する部屋に身を入れたとき、すぐに諭吉が異変をかぎとる。

「お前さん、人を斬ったね。」

という諭吉の言葉に、由吉は黙ってうなずいた。悪びれる素振りはない。

諭吉は医家の緒方洪庵が開いた蘭医学校、適塾の出身である。塾頭までつとめたが、「血」を見るのも、その臭いをかぐのさえも苦手である。多くの塾生が医者をめざしたのに、諭吉ははなから医者を断念せざるをえなかった。理由は「血」に鈍感になれなかったからだ。この点で医者でもある弘安とは異なる。

五代才助は英国のスパイではないのか、との弘安の疑問に諭吉が答えるべく思案中に、由吉が現れた。由吉が襲われたこと、相手を切り倒したことに、弘安は驚くそぶりを見せない。諭吉が訪ねる。

「あれほど用心を重ねたのに、後をつけられるとはね。」

「おそらくわたしに化けて出た人のどちらかが福沢先生の塾に戻る際に、偶然わたしと出くわし、追跡者にそれとなく気づかれたのではないでしょうか。昼過ぎから増上寺の社殿の縁の下で仮眠をとっているあいだじゅう監視されていたにちがいありません。一刻半（三時間）ほど微睡（まどろ）んだでしょうか。すでに薄暗くなりはじめていましたが、ほどなく監視の目があることに気づきました。それであちこちと連れ回し、暗くなってから愛宕下の枝道に誘い込んだのです。」

由吉は肝が据わっているというか、よほど腕に自信があるというのか、淡々とした調子で報告をする。諭吉は話を聞いているだに身震いを起こしそうになったが、あの小心のはずの弘安のほうは平気らしい。

二人の前に姿を現し、短くこう報じて、由吉は退出する。

「驚くべき男を見つけたもんだね、弘安さん。」

「いや向こうから飛び込んできた。といっても、川風吹きすさぶ利根川の向こう岸から忽然とだったが。」

五代才助の話は中断したままだ。二人は由吉について語りはじめる。弘安にとっても謎だらけの若者である。由吉は居合を弘安に習ったと諭吉にいった。ところが、

「由吉が利根の河原で無聊を慰めるのにおこなっていたわたしの居合に興味をもったのは事実だ。わたしは養父とともに長崎から薩摩に戻って、学問ばかりでなく、一通り剣や馬術も学ばされた。剣は薩摩の示現流ではなく、天真流で、もっぱら居合だけを熱心に練習した。

由吉のほうは福沢村に在住する浪人に、どうも同じ天真流をみっちり仕込まれたようなのだ。聞きかじっただけだが、天真流のはじまりはそれほど古いことではない。もともと福岡藩で生まれた武術の流派で、あらゆるものを武器にして戦う実践的な技法である。その浪人が数年前に亡くなったそうで、それでわたしの居合の稽古を見て、近づいてきたようなのだ。

由吉の腕前を試したことはないが、尋常のものではないことはたしかだ。

渡し場で酒に酔った侍が同船者に絡んだのを見かねて、由吉が止めに入った。怒った侍が抜き身をかざして由吉に迫ったところ、腰に挟んだ手ぬぐい一本で簡単に刀をたたき落としたのを見たことがある。恥をさらされ真っ赤になった侍が体当たりしてくるのを、足先をすっとのばしただけで、横転させた。侍はほうほうのていで退散する羽目になった。」

由吉のことを話し出すと、どうも弘安はとまらないらしい。由吉がどれほど好ましく、しかも技量に優れた青年であるかを、弘安は自分に再確認させるように熱く語る。諭吉は由吉に大事を託し、自分に接触を任せた弘安の気持ちが了解できそうに思えた。

しかしまずは才助の件である。

「わたしがいえるのは、才助に対する疑惑は疑惑として、いま大事なのは弘安さん自身の身の振り方を決めることだ。いまは才助がスパイかどうかを最終的に決めるのには早すぎる。判断を下すのにはもっと材料が必要だ。いや、時かな。」

弘安ははっとした。弘安が抱く才助への疑惑は、藩の重役や藩士たちが弘安自身に抱くであろう疑惑と重なっていると思えるからだ。もし才助がスパイなら、弘安自身もスパイということになる。二人は一蓮托生と見られているのだ。

だがこのような薩藩士の見方に弘安は首肯できない。自身スパイなどまったく無縁である。そんな嫌疑をかけられること自体じつに腹立たしい。が、どんなに弘安が否定しても、「弘安・才助＝スパイ」はおおかたに共通な判断になることは間違いない。いずれにしても、弘安にはいわれのないスパイ疑惑であっても、才助が疑いをはらさないかぎりおのれも浮かばれない。あるいは才助がスパイだと判明して、彼が弘安とは無関係だと言明し釈明できないかぎり、弘安は助からない。否、才助が弘安の潔白を主張しても、過半は信じないだろう。

諭吉が嚙んでふくめるようにいう。

「よほどのことがないかぎり、才助自身がイギリス軍のために便をはかったと言明することはまず考えられない。きみが助かるためには、才助ともども潔白を主張するほかないのだ。そのことと、才助がどのような目的の下に疑惑を生むような行動をとったかの理由を尋ねるほうが先だろう。ただし、わたしの察するところでは、才助にそれを尋ねてもムダだと思う。われわれのほうで推断するほかない。」

弘安は、降りかかった火の粉をみずから振り払うことが至難だと悟らざるをえず、才助への疑惑解明作業を一時棚上げせざるをえないと得心するほかなかった。

「すでに才助は長崎でスパイ疑惑解消工作をしているだろう。その工作が可能だと見たからこそ、危険きわまりない長崎にきみを置いてきぼりにしてまで単身潜入したのだろう。疑惑解消の件は才助に任せておけばいい。だとすれば、きみが即刻長崎に向かうだの、このまま江戸にとどまり、三月わたしの中津行きに同道するだのは、才助の工作を邪魔することになりはしないだろうか。それよりもきみの身にいらぬ危険を招き寄せないだろうか。わたしは長崎行きはもとより、江戸にこのままとどまることにも反対だといわざるをえないね。」

こうきっぱりと言明した諭吉に、弘安はすぐにはっきりうなずいた。

「才助の工作が成功すれば、かならずきみへ藩から正式なルートでつなぎが入る。いまはきみのほうから動かないがいい。熊谷宿の片隅にしばしとどまることを強く主張したいね。」

弘安はようやくほっとした表情を取り戻した。いつも諭吉が見知っている人のいいほがらかな弘安がそこにいた。

「ところで、きみのもうひとつの申し出だが、どういうことかな。」

弘安の顔がほころぶのがわかる。

「じつは福沢諭吉に会いたい、ぜひ会って尋ねたいことがあるという男がいる。ご存じじゃないと思うが、土佐を脱藩した坂本竜馬という奴で、きみと同じ年のはずだ。」

「坂本竜馬などという男はついぞ名を聞いたこともないね。」

「なんでも軍艦奉行の勝先生の弟子で、いまは普請中の神戸の海軍操練所にいるそうだ。」

「土佐の脱藩者といえば攘夷派じゃないの。尊皇攘夷の旗を掲げて京で羽振りを利かしている土佐勤皇党の仲間でしょう。」

「勝先生の海軍塾で塾頭のようなことをしているそうだから、攘夷派ではないだろう。もっとも剣のほうはかなりの腕らしい。」

諭吉はじつのところ勝麟太郎にはいい印象をもっていない。勝の識見には一目置いているが、どうも性格がひん曲がっているとしか思えない。咸臨丸でアメリカに渡った時の体験がいまでも頭を離れないのだ。

咸臨丸の指揮権はわれにありとする勝（軍艦操練所教授方頭取）が上官の軍艦奉行木村善毅（よしたけ）にことあるごとに楯突いた。もっともはなはだしきは、木村が米国船員を同乗させたことに臍を曲げたことだ。勝は艦の指揮権を侵害されたと腹を立て、航行中、病気を理由に終始自分の部屋に閉じこもり、サボタージュを決め込んだのである。軍艦奉行木村の従者として乗船していた諭吉に対する勝の風当たりもまたすさまじかった。坊主憎けりゃ袈裟まで憎いである。

勝に対する諭吉の第一印象は「嫌なヤツ」だ。

その勝の海軍塾（私塾）の塾頭が坂本竜馬だというのだから、なんとも会見には気が進みそうもない。

「じつはこの話の出所は中浜万次郎なのだ。先刻、幸民先生の口から出たばかりだから、坂本がなぜきみに会いたがっているのか、わたしにもよく飲み込めていないが。」

どうも言い出しっぺの弘安にも半信半疑のことのようだ。

「万次郎さんとは咸臨丸で一緒だった。あの人がいなかったらアメリカ渡航はたんなる観光に終わっていただろう。識見人物ともにすばらしい人だ。坂本とは同じ土佐だから、周知の間柄なんだろう。」

「どうもそうじゃないらしい。坂本がきみに教えてほしいことがあるということを、万次郎さんが聞き知ってのことらしい。しかしきみをよくよく知っている万次郎さんと幸民先生が、きみが坂本と会ったほうがよろしいという判断であることは間違いない。坂本が会いたいというのだから、きみのほうから門戸を閉ざす理由はないだろう。」

最近、諭吉は誰彼を訪ねたり、未知の人と議論を交わすことがほとんどなくなった。「攘夷の嵐」のためだ。テロを恐れ、外出を極力控えてきた。夜の外出は厳禁である。昼間でさえ出歩く時は「覆面」で顔を隠すほどの用心深さを持してきた。藩の屋敷内の子どもたちにさえ「蘭学所は怖い、蘭学所は怖い」と嫌われてきた。まして中津藩士たちからは、塾生はもとより福沢英語塾に出入りする人たちに対してさえ、嫌悪と憎悪の入り交じった目が向けられている。

この嵐は、首を縮め、おさまるのをひたすら待つしかない。嵐に抗して華々しくたち振る舞ってもムダである。これが諭吉の唯一のしのぎ方であった。外出を控える。外国奉行支配翻訳方の翻訳仕事を淡々とこなす。おのずと在宅の時間が増え、執筆活動もはかどるという利便がある。

こう自分に言い聞かせても、やはり心も体も萎えてしまうという気持ちを抑えることができない。ストレスがたまる。好きな酒に手がゆく。昼といわず夜といわず酒量が上がる。ときに朝もたしなむようになる。そればかりか気がつくと朝まで酒の入った湯呑みを手放さなくなっている時だってあるのだ。このくりかえしの毎日である。

三月に計画している中津への帰省旅行は、二つのはっきりした目的があってのことだが、ひさしぶりに旅の空でうち続く逼塞感を解消できるのではという望みがある。もちろん旅行中のテロ、さらには中津藩では攘夷派の襲撃という危険を覚悟しなければならないだろう。だが江戸や京とはちがう。匿名の旅である。無差別なテロの横行に備える必要はないだろう。自由な空気を吸う機会が格段に増えるだろう。

重要なのは、江戸の藩邸を軸とした生活空間には当分のあいだ危険に見合うだけのよろこびを見いだすことはできないことだった。坂本竜馬との会見には自由と危険が同時に伴うとしても、自由の比重を大きくできるのではないだろうか。大きくしたい。

「坂本さんに会ってみよう。」

という言葉が自然と諭吉から漏れ出る。

ほどなくして由吉が徳利と酒器を持って現れた。じつにタイミングがいい。

「酒も肴も昼の宴会の残りだそうで、幸民先生は失礼するそうです。

松木先生、先生にとって今日が正月ですね。」

由吉は二人の杯になみなみと注ぐ。杯は二つだけだ。由吉は飲まないらしい。諭吉も弘安も由吉には勧めず、無言で杯を交わした。数度杯を交わして、諭吉はすっと立ちあがった。四つ半（十一時）で、帰るにはもっとも危険な時刻である。

しかし帰ったほうがいいと諭吉は判断した。真っ昼間、藩門を正装で出た諭吉が、翌日、正装で帰宅したとなると、「どこに行き、誰と会ったのか」を暗黙のうちに探索される危険度が増す。少しでも疑心を残さないよう、用心するに越したことはないのだ。

外は闇で覆われていた。提灯の明かりがなくても諭吉にはなれた道だ。往路をやすやすとたどることができたが、それではかえって怪しまれるだろう。

どんなにゆっくり歩いても半刻（一時間）もあれば居宅まで十分たどり着くことができる。提灯を手にした今夜の諭吉は危険におびえる必要はなかった。由吉が背後から見守ってくれていると確信できたからだ。

この日を境に松木弘安の姿は江戸から消えた。諭吉が弘安に再び江戸で会うことになるのはおよそ七ヶ月後のことである。ただし二人の連絡はとぎれることがなかった。由吉がそのつなぎ役となった。

4　天真流

薩摩藩の新任船奉行松木弘安と添役五代才助は、昨文久三年（1863）七月、英戦艦に拉致され、そのまま横浜に連れてこられ、さしたる糾問もないまま釈放同然になった。釈放といってもいわば非合法逃亡である。

英艦の黙認のもとで万端を手引きしたのは、通訳として英艦船に乗り込んでいた弘安旧知の清水卯三郎である。さらに驚いたことには卯三郎は幕命を帯びて英艦へ乗船したのであったらしいということだ。ということは、薩摩藩が引き起こした「生麦事件」で賠償金を支払わされた幕府が、英海軍と気脈を通じて薩摩を攻撃したという疑いが濃厚になる。その薩海軍のツートップを、英海軍ばかりか幕府も目をつぶって逃亡するに任せるということらしい。二人の拘束・拉致の裏には、窺い知ることのできない大きな力が動いているということくらいは弘安にも察知できた。

奇妙なのは、直接の手引きをしたのが、卯三郎の意を受けた米国領事館の書記、バン＝リードであったことだ。卯三郎はバン＝リードと商人としてのつきあいもある。英国（艦隊）、幕府（通詞）、米国（領事）と薩摩を結びつけるモノは何なのか。弘安には見当がつかない。

夜、英艦にボートが乗りつけられ、二人は暗闇に紛れて艦を離れた。ボートといっても漕ぎ手が十人乗ることができるしっかりしたものである。ところがこの夜は予想外の強風にあおられた。屈強の漕ぎ手が十人、五時間も必死でボートをこぎ続けたすえに、ようやく二人を羽根田の浜に上陸させることができたほど陸からの風が強かった。

そこから旅商人に身をやつした二人は浜沿いを徒歩で北上し、やっとの思いで六郷川（多摩川下流）の土手につき当たる。こんどは川沿いを匍うように伝って六郷の渡しにたどり着くことができたとき、五つ（午後八時）に艦を離れてからすでに四刻（八時間）ほどすぎていた。

夏の夜明けは早い。早々に駕籠を探し求め、二度ほど乗り継いで卯三郎が先乗りしているという江戸橋のたもとで降り、小舟町の船宿に着くことができた。この宿で疲れをとるために潜むようにして二日を過ごし、予定通り、卯三郎の案内で彼の家郷である武蔵国羽生に向かうこととなった。

しかし利根川を挟んで上野（こうずけ）国の有力城下町館林と向かい合う羽生である。着いてみると、なにかと幕吏の目が厳しそうなのだ。清水家は酒造業を営む屋敷まわりもがっちりした広大な富家で、二人を隠すなぞは造作ないだろう。が、卯三郎の線をたどれば弘安に行き着く危険がより大きくなるだろう、というのが卯三郎の判断であった。

二人は荷を解くまもなく羽生から行田を抜けて熊谷宿に近接する四方寺（しほうじ）村の豪農、吉田六左衛門宅に身を移した。やはり清水家の親戚筋に当たる。だが滞在すること数日、再び西に隣接する下奈良村に住む分家の吉田市右衛門の離れにたどり着いて、ようやく旅装を解くことができた。ここが逃避の最終地点である。

あとあと感じたことだが、卯三郎ははじめからこの僻村に二人を隠す心づもりだったにちがいない。

　下奈良村は、もともとは荒川と利根川に挟まれた氾濫原に点在する、中山道で最大規模を誇った深谷宿、その隣の熊谷宿、そして忍（藩城下）、羽生（日光裏街道宿場）という関八州でもとりわけ人の出入りの多い繁華な場所に近接している。だがその北辺一帯は一年中丈の高いススキで全面覆われ、その下で動くものすべてを隠すほどの人影まばらな僻村が散らばっているだけなのだ。目立つものといえば、齋藤別当実盛が治承三年（1179）、大聖歓喜天を本尊として祭って聖天宮と称したことにはじまる妻沼聖天山があるだけだ。（現在の本殿は宝暦年間に建てられ、年二回の例大祭には門前市をなすそうだが、下奈良からはかなり遠い。）

　人目を忍ぶ二人である。屋内にあって書を読むといっても、すぐに読むべき本がつきた。市右衛門の二人の息子と囲碁を楽しむほかは、ただ漠然と時が過ぎるに任せるほかはない。

　もっとまずいことに二人のあいだに会話がほとんど弾まなかったことだ。薩摩と英海軍が開戦して以降、元長官と副官の二人が肩を寄せ合うように命をつないできたのである。その二人が身に起こった事件のかずかずについて語り合おうとしない。話題にすることさえ固く禁じあうような状態が続いたのだ。これが弘安にはことのほか堪えた。

　下奈良村に潜入してから四ヶ月ほどたったろうか。突然、才助が宣言する。

「ここで手をこまねいていても仕方がない。長崎にいって理非を明らかにする必要がある。わたしが長崎に潜入を決行する。」

才助はさっさと旅立ちの準備をはじめた。もちろん大げさな準備など必要ではない。多少やっかいだったのは吉田家の二男、次郎を伴うということだった。一人旅よりも怪しまれずにすむ。同伴は次郎の願いでもあるというのだ。次郎は養子である。いわゆる口減らしの類ではなかったが、農家である、労働力として期待される比重がずんと大きい。

「この僻村に埋もれたくない、ここから出るためならなんでもできる。」

こう次郎は才助に懇願したそうだ。（次郎はのちにロンドン領事となり、この所期の願いを達成する。）

弘安はうかつにも、才助と自分は終始行動をともにする、それが当たり前だと考えていた。ところが才助のほうは、一人でもというより、一人でこそ今事件の顚末の理非を明らかにできると考えているらしいのだ。理非をどのように明らかにしようとするつもりかは、なにも語らない。弘安が聞いても語らなかっただろうが、聞きだすのはやはりはばかられた。

中山道を由吉とともに足早に北に戻りながら、弘安は半年前からの出来事を反芻している。なんどもなんども同じように反芻してきたが、つねに同じ疑問の入り口にたどり着く。「才助が英海軍のスパイだったら」、「薩摩海軍の副官が英国海軍との商談で英商に莫大なリベートをもらっていたとしたら」という懐疑である。しかしただ座したままその疑問を自分の手の中で何度ころがしていてもなにもはじまらなかった。

「疑問は疑問として置いておくしかない。いま弘安がなすべきはなにかが重要なのじゃないのか。」

こう諭吉は問い質したのだ。才助は自力で事の是非を明らかにしようと、長崎に潜入した。是非の鍵が長崎にあると確信してのことだろう。弘安には、鍵とはなにか、そもそも長崎に行ったらそれが見つかるのかさえ、判然としていない。五里霧中だから、危険を冒してまで諭吉に会い、その意見を聞いた。何かが解明したわけではないが、得心し、心に落ち着くところがあった。

下奈良村で待つ。ただ待つことだ。こう心決めすると、肩の荷がすーっと軽くなった。背中には幸民先生から借用してきた、読み切るには相当の時間を要する数冊の原書がくくられている。

幕府の欧州使節の随員に選ばれ、辞令を受けるやすぐに結婚、新婚の妻を残して一年間日本を留守にし、帰国するや復命書をまとめ上げると同時に帰藩命令が下り、薩英激突となった。いま上州近くの僻村に身を置いたままだ。この間、大わらわの二年半であった。

こう思えると、いつまで続くかわからないが下奈良での独居時間がじつに貴重に思えてきたのである。

日本橋から下奈良村まではおよそ十八里あまりもあろうか。日本橋から八番目の宿が熊谷である。由吉の足でなら一日で歩き通すことができる。もっとも今回の江戸潜入は必死の形相であった。一昼夜で弘安も歩き抜くことができた。帰りは追跡者に気をつけさえすれば、比較的ゆっくりしたペースで進んでもかまわない。それでも二日もあれば到着する。その一泊が大宮宿になった。

由吉が探してきた宿に、ほこりをはらってあがり、すぐに夕飯となった。腰を落ち着けると、さすがに腹が空いている。弘安は飯をかっ込み、喉を鳴らして酒を飲む。こんなに旨いのは半年ぶりだろう。由吉は昨夜と同じように酒には口をつけない。

弘安は飯のあと、すぐに酒をやめ、一人でゆっくり湯に入り、汗を流す。弘安は一人風呂を好んだ。幼児長崎以来の習慣でもあった。浴槽には客がいない。昨日までのせっぱ詰まった気持ちが、すべて消えてなくなったわけではない。が、湯に浸りきっているいまは、これまでの八ヶ月の出来事がまるで白昼夢のように思えて仕方がない。頭がじーんとしびれてくる。頭の奥の奥の芯に隠れていた痛みが溶け出してゆくように感じられる。

由吉は弘安が湯に向かうと同時に、宿を出て、すぐに筋向かいの一軒の宿の軒に身を潜めた。ほどなくその宿から小柄だがどこから見ても精悍な感じのする二本差が現れた。めざす場所があるわけではないらしい。宿の酒では足りなかったのだろう、飲み屋を探しているようだ。

大宮宿の本通は大小の宿屋や本陣が軒を並べている。本通を抜けきる少し手前を折れ入った小路に数件の飯屋が連なっていた。どの店も夜になると飲み屋が本体になる。酌婦がいる店に二本差がいきおいよく入った。由吉はひとつ隣の店に腰を下ろし、酒と煮豆を注文する。半刻ほどたったろうか。二本差が機嫌よく出てくる。それほど酔ったそぶりに見えない。すぐあとを由吉が追った。本通に出る少し手前で、男に、由吉が声をかける。

「お武家さん、もう十分飲みなさったんで。」

抑揚はないがよく通る声だ。

二本差は一瞬肩を強ばらせ、振り向きざま刀を抜いた。流れるような素早い動きである。だが由吉の顔が真直に迫っている。その顔をまじまじと見つめ男が驚愕の表情に変わったときはすでに、由吉の手から放たれた細く長い光芒が相手の首筋に届き、パッと血しぶきが舞い上がった。そのときには由吉の体は男の前数歩を走っている。芝愛宕下に続く仕掛けである。返り血をあびない動きをすでに身につけたようだ。

由吉は弘安の待つ宿に着くとすぐ、部屋に戻らず湯場に急いだ。手ぬぐいは腰にある。予想通り浴槽にも洗い場にも人影がない。湯を体にかけ、旅の汗で汚れた下帯をもみ洗いし、浴槽に数秒身をくぐらせただけで、さっと浴場を出ると、下着一枚で部屋に戻った。弘安はすでに行灯の火を落とし、すやすやと眠りに入っている。

弘安に請われ、江戸に旅立ち急ぎ戻るまでの三日間で、由吉は二人の男に襲撃を受け、一人の男に先制攻撃を仕掛けた。三人とも思い描いた通り一撃で屠(ほふ)ることができた。一人が愛宕下の細道で、いま一人は最前この宿場の本通に出る直前の小路で、ともに相手の意表を衝く間合いと、独特の殺法を用いてである。

福沢村で由吉に武術を教えたのは岡雪道と名乗る浪人である。本名ではないらしい。雪道先生は村に流れてきて私塾を開き、近隣の百姓の子弟を集めて読み書きを教えていた。四十まぢかで独身、そのうえ胃の腑に死病を抱えていた。雪道の塾に通いはじめたのは由吉が九歳のころだったろうか。父が長い浪々のはてにこの村に流れてきて二年ほどして亡くなり、渡し船頭の祖父に育てられていた。

雪道塾へはいったのは最初は単純に遊び仲間がほしかったからだ。だが入塾した直後から、雪道は由吉に特別メニューを課し、午前は勉学、午後は時間があれば夜まで武術だけをみっちりマンツーマンでたたき込むという気の入れ方だった。この武術こそ弘安が察したとおり天真流（為勢自得天真流）である。

雪道はこれを江戸で浪人の岡雪斎から学んだという。雪道は病気持ちのため目録をえることはできなかったが、由吉に対する教導は懇切丁寧かつ苛烈を極めた。それほど由吉の才がめざましく思えたのだろう。由吉は十二歳ころから急に背が伸びだし、足腰もしっかりしてきた。さらに教えが激しさを増す。

由吉はまだ少年期のはじめである。武術を習い覚えてどうなるという思いはなかった。ただ一つ一つ習い覚えてゆくこと、それを反復復習して熟達すること、その毎日の鍛錬自体と目に見える進歩のほどにいいしれぬ充実感を覚えることができた。

雪道は由吉が十六歳のとき亡くなる。師と弟子の切磋が丸六年を過ぎたある日の未明である。いつものように稽古を願い出るべく先生の部屋を訪れた由吉が見たのは、すでに机に身を俯せるよう

にして冷たくなっている師の姿だった。由吉宛の遺書と遺品が机上に残された。遺書には短く、

「必ずや天真流は由吉が世に出るきっかけを与える。しかしこの器による技をむやみと人前では使ってはならない。」

とあった。

遺品は由吉が見たこともない武器で、用法の書き付けが添えられていた。このとき由吉は胸の内に素手でつかめば火傷をするにちがいないほど熱いものがわき上がるのを感じ、師の死を半日泣き続けておくったのである。

由吉は師が残してくれた武器を今回の短い旅ではじめて使ってみた。驚くべき威力である。由吉自身がそのことに恐怖のようなものをさえ感じている。その威力のほどを知らずに用いてしまったが、先生のいったとおり、この後はよほどのことがないかぎり用いないでおこう。そう由吉はこの宿で心決めすることができた。

ところで江戸に入って由吉が倒した最初の相手である。

弘安と由吉は未明に江戸に入った。由吉にとっては生まれて初めての江戸である。出発前、弘安と別れてから落ち合う場所の地図および訪ねる先の中津藩中屋敷の図面は正確に頭に刻み込まれている。弘安と分かれていくつか橋を渡り、その先がすぐ大川河口に突き当たるであろう中津藩中屋敷にそっと近づいたときだ。

暗闇のなかから誰何（すいか）された。と同時に、殺気が襲ってくる。身を沈める。無意識に腰に巻いた鋼の握りに手がかかる。光が闇夜に放たれた。身を立てると相手が横転している。なんどもなんども反復練習したとおりの結果であった。だが冷や汗がどっと吹き出た。まだ骸になりきっていない死体をそっと掘割に流しやる。ゆっくりと大川から離れて暗い海に流れてゆくはずだ。

初めての殺戮である。突然の襲撃ということもあった。走り抜けて相手の返り血を防ぐという段取りまではうまくゆかなかった。かなりの血しぶきをかぶった上っ張りを掘割の水でざっと注ぐ。おそらく汽水だろう。薄い鋼の帯にかすかにへばりついた血を慎重に洗い落とし、再び腰に巻く。半刻ほど夜露に濡れながら掘割のそばに身を潜めた。上着は塩分を含んだ水と夜露をたっぷり吸って濡れそぼっている。極寒の夜ぐっしょり濡れた上着を着込んで凍えるほどの冷たさのはずなのに、由吉の体ははじめての刺殺の興奮で火照ったままである。

夜明けが近づき、福沢諭吉宅を訪れる時刻になった。

事件簿2　坂本竜馬と密会するの巻

1　中津へ

文久二年（1862）九月三日、幕府の遣欧使節団がポルトガルのリスボンを発って、帰路につき、十二月十日、品川港に着いてから、待ちに待ったというか、待たせに待たせたというべきか、諭吉のそれなりに甘い新婚生活がはじまった。

翌文久三年秋には初めての子をえて、家庭生活の暖かみをひさしく味わっていなかった諭吉にとって、順風満帆の生活がはじまったかに見えた。

だがこの時期、諭吉は新銭座の手狭の借家で、そこを転居したのちは中津藩中屋敷の一角を占める五軒続きの長屋の居宅で、なかば逼塞状態の毎日を送らねばならなかったのである。「攘夷の嵐」

がいっこうに鳴りやまなかっただけではない。米国帰りにくわえて欧州帰りとなり洋学かぶれの旗頭とみなされた諭吉は、テロの大きな標的になっていたからだ。「夜行厳禁」を励行したが、大小さまざまな事件が諭吉の身に降りかかった。そのことごとくが「攘夷」と関係していたのだから、たまったものではない。

帰国そうその十二月十二日である。宵っ張りの諭吉はまだ床についていない。

鋭い半鐘の音が鳴り響いた。外に飛び出してみると、すでに渡欧中の塾を守ってきた古川節蔵が南の方を仰いでいる。「火事と喧嘩は江戸の華」といわれるが、「火事」では大坂も負けてはいなかった。諭吉も節蔵も、火事は他人事ではない。

「先生近いですよ。品川方面らしい。しかし風向きが逆ですからここは安心でしょう。」

「寒空に焚き火じゃあるまいし、人騒がせな火事だな。」

高台から立ち上る火柱が、江戸の南の空をまがまがしいほど真っ赤に染めている。

翌日、英語塾のあった新銭座から一里ほど南、品川御殿山に建設中の英国公使館が焼き討ちにあったと知れた。のちに首謀者は長州の過激攘夷派で、高杉晋作をはじめとする吉田松陰門下生の面々であると判明する。若き日の伊藤博文（俊輔）もその仲間に加わっていた。

諭吉にとっていまいましいことに、渡欧帰国後に行わなければならなかった最初の公務が、この焼き討ちの後始末、焼け落ちた英公使館を建て直すために必要な建築資材等の調達文書の翻訳であった。この事件の詳細をのちに知るにつけ、諭吉は攘夷派のテロに対して嫌がらせ以外のものを感じることはできない。公私にわたってだ。

翌文久三年（1863）五月、薩摩藩が起こした「生麦事件」の賠償金を幕府が支払う支払わないをめぐって、英艦隊が江戸を攻撃するという騒ぎがもちあがった。

新銭座にある諭吉の英語塾は江戸湾に突き出た浜御殿の南にある江川太郎左衛門（英敏）の砲術調練場に近接している。もし交戦ともなれば英軍の艦砲射撃の標的も同じであった。大砲で脅かす、これが因循姑息のやりかたで交渉をつぎつぎ先延ばしにする日本政府に対してとったペリー以来の外国勢力の常套手段であった。

万事に慎重で、準備のよろしい諭吉のことである。臆病で、早とちりといい直してもいい。

「戦争だ！　疎開だ！」

と叫びまわり、家財道具その他を荷造りをするや、米味噌等食料をまとめ買いするやで大わらわ、諭吉が率先して家人や塾生たちを大恐慌の渦に巻き込んだのである。幕府が急遽賠償金の支払いに応じたため、砲撃・疎開騒動は杞憂に終わったが、これももともとは薩摩の「攘夷派」が引き起こしたテロ事件に端を発していた。

そしてこの直後の六月十日、疎開騒動の後始末も終わらないうちに、恩師の緒方洪庵先生が突然亡くなられた。昼寝中に喀血し、そのまま息を引き取ったそうで、五十四歳、まだまだ死ぬには早すぎる。

新銭座から下谷御徒町の医学所頭取宅まで二里弱、奥様からの知らせを受けて、諭吉はとるものもとりあえず馳せ参じた。ことのほか蒸し暑い日であった。案内も請わずに諭吉は先生の居所に直進する。

「なんとしたことでしょう。先生がご病気だなんて、まったく知らずに来ました。なんという罰当たりな弟子なんでしょう、わたしは。」

「よう来られました。あれこれ病気持ちでしたが、来たくもない江戸に引っ張り込まれて、江戸に殺されたということでしょう。」

嘆息混じりに「江戸に殺された」と夫人はいう。大坂時代から諭吉の母親代わりになって細かく面倒を見てくれた夫人が諭吉の手を強く握った。夫人の手は暑い日なのに氷のように冷たい。

洪庵先生は諭吉渡欧中の文久元年（1861）八月、幕府に請われて将軍侍医として江戸に下った。自ら望んだ仕官ではまったくない。師の急死を受け止める諭吉の感情も複雑だ。

諭吉は兎にも角にもこの江戸で一旗揚げることができた。恩師が遅れて江戸に下った。将軍の脈を取るためだ。その恩師が亡くなった。その病気のようすなどさえまったく知らずにきたのである。いな、知ろうとするのが人情の常だろう。だが自責の念が湧くものの、誰の死であれ諭吉の心がさほどにたち騒がないのだ。興ざめするほどにクールなままである。大恩ある洪庵先生の死に対しても、基本的には変わっていない。

大坂、江戸をはじめ全国に弟子が散らばっている恩師の通夜である。突発事だったが、五十名ほどがすぐに集まった。なかに適塾の先輩で、江戸で蘭学塾を開くかたわら幕府の蕃書調所教授を兼ねている村田蔵六（大村益次郎）がいる。

「攘夷派の跳梁跋扈にはまったく手を焼いていますよ。」

と諭吉がぼやいたところ、驚いたことに、百姓医者の出で生粋の洋学派であるはずの蔵六までが、

「防長人はことごとく死に絶えても、攘夷はとことん決行する。」

と目を三角にして諭吉に向かって息巻くではないか。

いまや「攘夷」は一部の突出した分子の暴発ではない。洋学派をも巻き込んだ一大激発、奔流に発展している。

「触らぬ神にたたりなし。」こう、諭吉があらためて身の縮む思いを味わった瞬間である。

秋には新銭座の借家を引き払った。最初のアメリカ渡航船、咸臨丸六二〇トンの提督（アドミラル）であった木村善毅（よしたけ）の持ち家で、いろいろと便宜を図ってもらったが、もはや手狭になった。新婚の妻との生活空間もほしい。

安政五年（1858）十月、鉄砲洲の中津藩中屋敷にある長屋の一隅ではじめて蘭学塾を細々と開き、万延元年（1860）十一月、新銭座の借家に移って以来だから、およそ三年ぶりの中屋敷である。今回は、五軒長屋すべてが塾舎と福沢家の居所に与えられた、江戸で唯一の英語専門塾で

ある。ようやく増えはじめた入門需要に応えられるだけの広さの塾舎を確保することができた。それに渡欧で大量の英書を買い込んできている。テキストに不足はなかった。

だが今回の引っ越しは、学生が増え、塾舎が手狭になった理由からだけではなかった。

諭吉は、幕府が新潟、兵庫開港延期交渉等をはかるために組織した欧州派遣使節団の随員として出発する直前、中津藩江戸定府土岐太郎八の次女錦（きん）と結婚した。出征時に水杯をして結婚するというケースがあるが、それとよく似たあわただしい結婚であった。

相手の土岐は家禄二百五十石、役高五十石で、幕府お雇いになったとはいえ中津藩士としての福沢諭吉は十三石一人扶持であるから、あまりに身分、家格が違う。しかも諭吉は藩で蛇蝎の如く嫌われている「蘭学」者なのだ。そのうえ新婦を置き去りにしたまま夷狄の地におもむき一年余も不在となるおまけまで付いている。生きて日本の地を再び踏むことができるかできないかは、五分と五分というべきなのだ。それもこれもあって、はじめから土岐側に猛反対があって当然だった。この嬉しかるべき結婚にも攘夷熱の暗い影がさしこんでいたのである。

だが幸いなことに妻錦の父が諭吉をいたく気に入ってくれた。なんどか土岐の家で酒を酌み交わしてもいた。ところがその父御がこの八月に亡くなったため、二人の結婚は頓挫したかに見えたが、「錦を諭吉に娶らせたいと」という義父の「遺言」が最後の決め手となって、欧州出発直前に形だけのあわただしい祝事となったのだ。このとき諭吉二十八歳、錦十七歳であった。

「先生、留守の間は塾のことはお任せを。」

と塾頭の古川がいうが、諭吉はあまりこの男に信をおいていない。というか血の気が多すぎるのだ。

諭吉不在のあいだ、新銭座の塾は大坂の適塾から連れてきた最古参の門人、芸州出身の古川節蔵(岡本周吉)によって取り仕切られた。新妻は汐留の中津藩上屋敷にある実家で諭吉を待つことになる。なかば無秩序の男だけの狭い塾に、新婚の若妻を放り出すわけにはいかなかった。

文久三年(1863)十月十二日、その錦が待望の男子を産んだ。諭吉が欧州から帰ってきてすぐに仕込んだことになる長男一太郎で、新婚生活と育児の空間が、鉄砲洲へ移ることでかろうじて確保されることになった。

しかしそんな攘夷の嵐が吹きすさぶなかで、諭吉の心身にもっとも深く刻み込まれることとなった事件があった。中津藩への帰省の旅のなかで生じた「密事」である。

元治元年(1864)三月二十三日、諭吉は一人の従者を伴って中津藩中屋敷の門を出る。従者がもつ槍は摂津守木村善毅から借用したもので、故郷に錦を飾るという一種の武士としての見栄のためばかりではない。

桜はとうに散り終わり葉桜に変わっていたが、朝夕はまだ底冷えする毎日が続いている。だがこの日は川風も穏やかで日はすでに高くのぼっている。

大勢の塾生の見送りとともに、産着に包まれた長男一太郎を抱えた錦の姿もあった。

「母上に会ってお前のことをよくよく伝えてこよう。」

昨夜、妻のお錦にやさしくこういったが、母順が姑（父の母＝祖母）とうまくゆかなかったことを目の当たりにして成長した諭吉である。いずれ母を引き取らなければならないが、母と錦の姑嫁関係にはもうひとつ自信がない。

錦も母同様にしっかり者の女である。それだけに女二人の衝突は免れないな、という気がして仕方ない。それが諭吉の実感である。ま、いまから悩んでも詮ない、と諭吉は先だつ苦労を無理にも胸に押し込めた。

こんどの旅には二つの目的がある。

ひとつは中津に一人残って家を守っている母を六年ぶりに見舞い、諭吉の「出世」を喜んでもらうことだ。諭吉がここまで来ることができたのは、兄の死の直後、当主を継いだ諭吉の大坂遊学再開、適塾への復帰を母が許してくれたことにあった。いってみれば藩よりも、家よりも、諭吉一人の行く末を第一にする道を母が歩ませてくれたのである。これ以上の親の温情があるだろうか。諭吉の母なればこそであった。そんな母を喜ばせたいという想いがつねに諭吉の胸の底にある。

幸い語学力を買われ、幕吏になることができた。だが幕府外国奉行での翻訳方の仕事は、諭吉が当初に期待したのとは異なって、外交文書の翻訳がほとんどである。何しろ数が多い。無味乾燥の上、訳し間違えでもしたら一大事だ。神経を使う。とはいえ翻訳である、ともかくも語学の勉強になるだけのことはある。

身分は雇員であっても、二十人扶持手当十五両の幕府役人だ。石高に換算すると九十石に相当する待遇だから、中津藩士にとっては垂涎のまとで、めざましい「出世」というべきである。

しかも幕府遣欧使節の随行が決定した時には、諭吉に支度金四百両が支給された。現在の貨幣価値に直すと、数千万円になるだろうか。そのうちの百両は郷里の母にすぐ送った。何をおいても母を喜ばせたいという気持ちからだ。

というわけで、諭吉の今回の帰省はいわゆる「故郷に錦を飾る」の類であった。

いまひとつ本当の目的がある。ようやく目途が立ちそうになった英語塾を強化するためにも、中津藩の人材育成に寄与するためにも、郷士から有望な弟子たちを江戸に引き連れてくることである。

これまで諭吉には、中津藩「御雇の蘭英塾」を請け負っているという副業気分があった。その対価として藩から六人扶持が支給されているのだ。「来る者は拒まず、去る者は追わず」をモットーとしてきた理由でもあった。

「今回の中津帰省の正否は、いつに新しい優れた塾生を何人確保できるかどうか、にかかっている。諸君のような勉学態度では、百年河清を待とうとも、格段の進歩は見込めない。諸君が目を瞠らざるをえないような文字通りの俊才を連れてくる。そう覚悟しておいてほしい。」

昨日、ひさしぶりの英書講読のあと、十人ばかりの塾生に向かっていつになく激しい口調で弁じた諭吉である。

塾をただ引き受けているだけでなく、塾と塾生たちをもう一段高い知的水準にまで引き上げるためには、どうしても塾生え抜きの中核メンバーが必要になる。まずは人材確保だ。それを郷里に求めようというのである。ここには、中津藩とはつかずはなれずの関係を保ってきた諭吉の深慮遠謀を伺うことができる。少しでも中津藩攘夷派の攻撃をかわそうとする意図もあった。

しかしいまひとつの密かな目的があった。坂本竜馬の求めに応じて密会の約束を果たすことだ。こちらは川本幸民先生を介して松木弘安がもってきた話で、凶とでるか吉とでるかは、諭吉にもまるで想像がつかない。勝海舟に弟子入りした男と聞くが、しょせんは土佐勤皇党の片割れではないか。このていどの知見しかもちあわせていない。

「急ぐ旅ではない。しかし危険を伴う旅だ。どこでだれがわたしの命をねらうかまるで見当がつかない。危険なのは攘夷テロだけでない。命を狙いはしないものの、公儀あるいは藩の密偵（小人目付）がつねに監視してくるはずだ。」

旅の準備をしている由吉に向かってだが、おのれ自身に問いかけているような口調で諭吉は昨晩こう述べた。

「外国奉行の翻訳方は、政治上の審議や決定にはまったくかかわらない純粋な下級事務方である。いってみれば技術者だ。しかしわたしが翻訳するなかには、たとえば文久三年二月十九日、英国公使代理ニールが提出した公文書のようなのがある。

『生麦事件』の賠償金、幕府十万ポンド、およそ二十七万両、薩摩二万五千ポンドを支払い、首謀者を処刑しなければ、戦争も辞さない、という内容のものだ。この機密が交渉前に漏洩したら一大事になる。翻訳方（雇員）が外国奉行（外務省）や老中（内閣）から厳しい監視の目を向けられていた理由である。

　こんな機密を翻訳の仕事で知ることがあるから、品川沖にイギリス艦が押し寄せて来て砲撃するという騒ぎのなか、ただちに疎開を開始したわけだ。杞憂に終わったのは、わたしの早とちりと非難されたが、裏付けがあったのだから、不幸中の幸いだったというべきだろう。」

　黙って聞いている由吉に、なかば愚痴を入りまじえて続ける。

「渡欧中も、小人目付の監視の目が厳しく、外国人と自由に会うことはおろか、許可なく土地、建物に出入りするのさえきつく制限された。禁足令を食らうこともしばしばだったのだ。せっかくの貴重な未知の異文化体験である。なのに外国で『鎖国』令でもあるまい。いまいましいったらありゃしない。だがこんな不平は一私人の立場からのものである。外交交渉では、身内の情報が漏れるほど、不利なことはない。」

　そんな翻訳方が隠密の監視の目を逃れて、脱藩の坂本に会うのである。露見するわけにはゆかない。諭吉は、どう機密保持の段取りをすべきかという妙案をいまのところ見つけることはできていない。不安だらけの諭吉に対して、由吉は

「お任せを。」

とはいわなかった。諭吉先生が「はしゃぎ」すぎのように思えたからである。亀の子のように首を甲羅にひっこめるようにして生きている「攘夷の嵐」のなかであった。ひさしぶりに首だけでなく手足をも自由にのばすことができる旅の前夜である。饒舌のまま、はしゃぐにまかせておくのがいいと思えた。

それにしても「公務」のない旅はやはり楽しい。逼塞していたも同然の一年余が続いたのだから、なおのことである。ひさしぶりの旅に諭吉の脚もいつになく軽かった。それに暑くもなく寒くもない旅には絶好の季節である。

川崎宿で早い昼食をとった。茶店で妻錦手製のおにぎりを頬張り、熱い茶を喫する。気持ちよく汗が引いてゆく。十分水気を補給しながら半時ほど茶店で時を費やし、諭吉と従者は立ちあがる。だがこのときすでに従者が入れ替わったことを、一町（百メータ余）ほど先で監視の目を光らせていた密偵も探知することができなかった。それほどにすり替わりが自然で、よくよく承知していた諭吉でさえ、いつどのようなタイミングで入れ替わったのかに気がつかなかったほどである。

諭吉より先に立ちあがって茶店に金を払い、諭吉のあとにしたがったのが福沢村の由吉（ゆきち）である。このたびは無刀ではない。きちんと腰に長刀が収まっている。この収まり具合のよさを注視したならば、密偵はすり替わりに容易に気がついただろう。しかしすり替わり前後の残像はどこにもない。

諭吉がはじめて従者に声をかける。

「こんどの旅は急ぎ旅じゃない。足まかせといきたいが、今日のところは戸塚泊まりにしよう。」

「わたしの『旅』という名に値する初めての経験になりそうです。この潮風は格別ですね。」

神奈川宿をすぎ、潮の香りがおのずと鼻につく海岸べりからおさらばして、ようやく山の中に入ってくる。

木々はすでに若葉から濃い色に変わりつつあった。山道に入ったとはいえ、街道筋はきれいに整えられ、行き交う人の姿も絶えることがない。季節はいい。天気も申し分ない。一町ほど先を行く密偵の姿をときどき眺めやりながら、主従二人旅のはじまりの気分は、これ以上にないというほどのおだやかさに満ちていた。

2　日田で

諭吉が坂本竜馬と対座したのは、四月八日のことである。

ところは九州の中央に位置する天領日田で、豊前福岡の黒田、肥後熊本の細川、薩摩鹿児島の島津の三雄藩を抑える枢要の地である。

江戸を出発したのが三月二十三日だから、まずまずの旅程に思える。だが行程をひとつひとつたどってみれば、実情はかなり違った。諭吉主従が京都に足をとめたのは四月四日のことだったからだ。京から日田まで内実は三日で強行突破した計算になる。まさに長駆だ。ただし騎行ではない。

諭吉は、幕藩（幕府独裁）体制が崩れ、朝命によって京都で発足した列藩諸侯からなる「参与会議」がわずか二ヶ月で空中分解していたことを、その京で知った。

参与のメンバーは、徳川慶喜（将軍後見）、松平容保（会津）、松平春嶽（越前）、山内豊信（土佐）、伊達宗城（宇和島）、島津久光（薩摩）の六名である。朝廷主導の新体制樹立かという期待を抱かせたこの会議がもろくもつぶれたことで、公武合体を推し進める幕府が再び勢いを盛り返すことになるだろうことは、諭吉にもひしひしと感じられた。

四日の夕刻、諭吉と従者が三条河原町に連なる一軒に投宿し、くつろいだ姿を二階の窓から見せたのを、密偵はしっかりと確認している。江戸を発って十日、急ぐようには見えないが、未明に発ち、毎日ほぼ五刻（十時間）ほどきっちり歩いてきたことになる。物見遊山の旅ではない。主従ともに健脚であり、途中で誰かに会うとか、どこかを訪ねるということもない。何かが起こるとすれば、この京か、おそらく船に乗り継ぐであろう大坂だろう。密偵も、京ではいちだんと気を張って二人を監視していたはずだった。

ところが翌五日、八つ半（午前三時）から三軒先の宿の入り口で見張っていたのに、いつまでたっても二人の姿が現れない。二人が泊まった部屋の障子は閉まったままである。すでに一刻はすぎた。待ちきれずに密偵はくだんの宿屋の門口に走りこんだ。すでに夜は白々と明けきっている。地団駄踏んでも遅かった。二人の姿は宿からかき消えていたのだ。

「早朝訪ねたいところがある。夜半発ちしたいので、宿代を済ませておきたい。昨夜、こう帳場に申し入れていたそうです。何かしろ御武家さんでしょう。それに急いだ素振りもなく、予定通りの行動に見えました。何か事件でも。」

むしろ密偵のほうが不審がられる始末だ。やむなく密偵はまっすぐ伏見まで走り、そこで早舟に飛び乗り淀川をいっきに下った。とにかくまずは安治川の大坂港をめざそう。そこで見いだすことができなければ中津藩蔵屋敷だ。そう思い決めたがさしたる確信があったわけではない。不安がよぎった。

それとわかる二人の痕跡はついに大坂で見いだすことはできない。むだと知りつつ密偵は大坂奉行所にまで足を運んだが、この奉行所、そんな小さなことにかまっておられるような状態ではなかった。

「何、翻訳方で中津藩の福沢諭吉の行方だと。そんな者にかまっている暇なぞないわ。」

かなり待たされようやく対応に出た下僚に、かみつくように怒鳴られた。

「幕府」が将軍家茂、将軍後見職一橋慶喜、その他閣僚等も丸ごと江戸から大坂に引っ越してきたのである。手狭な上にてんてこ舞の大忙しなのだ。それでなくとも数の少ない大坂奉行所だ。密偵の隠密行動にかまっている余裕なぞない。その気もない。

密偵に唯一残った手段は、諭吉の向かう先、中津で二人を待つことしかなくなった。明らかなる密偵失格である。彼は失態を京ではじめて味わったと思ったが、旅のはじまりから失態を重ねてきたというべきだろう。

諭吉たちはまんまと夜半に宿を抜けでた。道を伏見から淀川下りではなく、西国街道にとり、西宮まで十三里（五十二キロ）あまり、二人の足なら平均ペースで進んでも夕刻には西宮港に着くことができる。

諭吉のホームグランドは中津ではなくもともとが大坂である。この街道も大坂京往来のためなんどかたどったことがある。暗闇でも苦にはならない。

十三里をいっきに進むのはたしかに疲れる。諭吉のほうはこの一年、攘夷怖さで屋内に閉じ込められたも同然だった。足腰も多少萎えている。それでも京都まで東海道を難なく歩き通すことができた。いわば助走の類だが、健脚をとりもどす最適トレーニングにもなりえた。まだ三十を越したばかりなのだ。気力も体力もありあまっている。もともと歩くのは苦手ではない。それに夜が白むころ通り抜ける西国街道の沿線は、池田、伊丹、西宮と続く銘酒の産地である。諭吉がひとりごとのようにつぶやいている。

「わたしは味や銘柄よりも量を選ぶ大酒タイプなんだが、酒だ、旨いにこしたことはない。まったりと甘い池田の呉春、きりりと喉ごしがいい伊丹の剣菱、ふくよかでまろやかな西宮の白鹿・白鷹などという天下の銘柄は、大坂の適塾では名を聞くのみで、江戸ではじめてそれもおよばれで口にすることができたにすぎない。いわゆる下り酒の銘柄なのだ。……」

この池田、伊丹、西宮という「言葉」を聞いただけで、諭吉の脳髄に電流が走り、つばが口元までのぼってくる。「酒を!」をいう叫びが喉元まで出てきそうになる。そんな諭吉の心内を知るよしもない由吉は黙々と諭吉につきしたがっている。

夕刻にはまだ間がある西宮港で、二人は西国行きの船に乗ることができた。予定より上首尾である。この日は暮れなずむ六甲の山脈を眺めながら、船縁でゆっくり夕飯をとった。海から陸に向かって吹く南西の風が出てくる。順風ではないが帆は大きく風をとらえている。

気がゆるんだせいもあっただろう、かなり酒を飲んだというわけでもないのに、満腹になると諭吉は泥のように客のまばらな船室で眠ってしまう。

この晩は由吉も珍しく酒を飲んだ。それも大きめの茶碗になみなみと注いだのを一気に飲んだのだ。

「飲めるんじゃないか」

と諭吉が感嘆の声を上げる。しかし由吉が傾けたのはその一杯だけだった。「用心棒」が正体を失うように眠りこけるわけにはゆかない。どこにだれが潜んでいるやもしれないのだ。

諭吉が京都を離れようとした同じ四月四日、坂本竜馬は勝海舟とともに長崎をゆっくりと発っている。

去る二月五日、フランス艦隊が報復のため長州の馬関(下関)を襲うという情報に動揺した参与会議は、九日、一橋慶喜を動かし、勝海舟（海陸備向取扱）に長崎へ赴いて攻撃中止の交渉に当たれという命を与えた。難役である。このとき神戸海軍塾（私塾）の竜馬とその海軍仲間、千屋寅之助、望月亀弥太、近藤長次郎、安岡金馬等が同行している。悪童仲間がそのまま大きくなって海軍塾に集まった土佐っぽだ。

二月十四日、好天のなかを幕艦長崎丸は一行を乗せ、真新しい操練所の沖から発進、翌十五日はやくも豊前佐賀関に碇を降ろした。ここから勝たちは陸路熊本を目指し、熊本から有明海を船で渡って長崎に入った。

竜馬は熊本でいったん一行と別れ、横井小楠の宅を訪れた。横井は開国佐幕を主張する著名な思想家で、越前福井藩の藩政・財政改革を請負いなしとげた生粋のリアリストでもある。ただ竜馬が尋ねたとき、小楠は逼塞中であった。攘夷派テロの襲撃に遭い、武士の魂である刀を置いたまま逃げたというので、「武士にあるまじき行為」と断じられ、家禄没収の上、蟄居を余儀なくされていた。

竜馬はこの小楠に「生活費」を届けることを勝に託されたのだ。勝はなんでも自分が一番でなくては気がすまない質の男で、西郷とともに小楠を自身と比肩できる「豪傑」にランクしている。

そんな勝だが「交渉」には定評があった。事実、長崎で、仏だけでなく、米、英、蘭が共同して長州攻撃をはかろうとしているのを知り、各国の領事や将官と粘り強く交渉を重ね、最後にもっとも強硬だったアメリカ側を説き伏せることに成功する。

とにもかくにも神奈川で幕府が正式回答するまで長州攻撃を延期する、という妥協案をえて一月半におよぶ長崎出張を終えることができたのだ。勝一行は四月四日に長崎を発ち、来た道を逆にとって熊本、佐賀関を経て四月十二日大坂港に着く。

四月六日、竜馬は熊本で再び一行を離脱し、小楠宅を訪れる。小楠の縁者、子弟三人をまもなく正式発足する神戸海軍操練所の練習生にと託され、それを伴うためだ。

だが竜馬はすぐその足で小楠のところに向かわなかった。小楠の居宅は熊本城下の東外れにあったが、竜馬は道を北にとり、急ぐ。竜馬は足の人で、ひとりのときはいつも猛スピードで歩む。

四月八日も好天である。落ち合う場所はすでに決められていた。諭吉三十一歳、竜馬三十歳で、諭吉がわずかに長じている。（新暦になおすと二人は同じ年になる。）

この日二人は旅装も解かずにほこりっぽいまま対座した。だがともに正座し、きちんと両刀を右脇横に置いている。

挨拶もそこそこにことの成り行き上とでもいいたげに、竜馬がまず口を切った。

「福沢先生のことは勝先生ばかりでなく、横井小楠先生、それに適塾出身で勝先生が貧乏塾を開いていた時の塾頭だった杉純道（亨二（こうじ））先生から、なんども聞かされていました。」

この杉とは、適塾の先輩であるだけでない。中津藩中屋敷の蘭学塾の先任者だということは聞いていたし、いまは勝の推薦によって幕府蕃書調所教授手代の職をえていた。

なるほど諭吉を竜馬が知っていて少しも不思議はない。諭吉は勝にあまりいい感情をもってこなかったが、それは咸臨丸の気まずい体験によっているためで、竜馬とは関係のないことである。

ところで諭吉が渡米に紛れ込むために最初に「手蔓」と考えたのは勝だったのだ。

なんとしても咸臨丸に乗り込みたい。英語の実践を踏みたい。そのためにはまずは艦長予定者の勝に頼み込むのが早道だ。勝とどう接触したらいいのか。そうさんざん思案したあげくだ。

勝の剣術の師である島田虎之助は、中津藩下士の出で、諭吉の父百助と面識があったと聞いている。佐久間象山は勝の妹婿だが、かつて中津藩で軍事顧問をやっていて、その門下生が藩のなかに多数いる。等々勝への手づるをあれこれ算段し、接触を図ろうとした。

ところがひょんなことで咸臨丸提督予定者の木村軍艦奉行の従者となることができたのだ。木村兵庫守の家来たちがそろいもそろって夷狄嫌いで、渡航に尻込みしているという情報をえた結果である。この木村に福沢を橋渡ししたのが、木村の姉婿で家も近い蘭医でかつ著名な蘭学者の桂川甫周（国興）だった。諭吉が江戸に出るときに洪庵が甫周にあてた紹介状が功を奏することになったわけだ。ただし甫周は勝とも周知の間柄である。甫周から勝という手づるもありえなかったわけではない。否むしろより容易でありえただろう。

この渡米のちょっとした経緯のちがいが、勝と諭吉の間に、終生にわたって、しこりとして残ったようにさえ思える。

「福沢先生にぜひとも尋ねたいことがあります。」

「その先生はなんとしても面はゆい。福沢でけっこうです。」

竜馬はすぐに応じた。竜馬は無口のほうだと聞いてきた。しかしなかば笑みを帯びた口元からは、とぎれなく言葉が出てくる。それも政治向きのだ。たしか海軍バカで剣術使いと聞いていたはずだが、と諭吉は面食らう。

「福沢さん。先年アメリカに、近くはヨーロッパに行かれ、あちらの政治について詳しく紹介した本をお書きのことと漏れ聞きました。わたしはアメリカがレパブリク（共和制）で、プレジデント（大統領）を入れ札で決めるということを聞き知っています。しかしヨーロッパのほうはいろいろと複雑多岐なそうですね。」

「同じ文明国とはいっても、そこにいろいろ違いがある点を仕分け紹介するのが、いまわたしが書いている本の眼目です。英、仏、独、露という大国がそれぞれ国の成り立ちによって大いに政治のあり方が異なっているわけです。」

竜馬はすでにあぐらに直し、身を乗り出すように質す。

「それで福沢先生、もとい福沢さんはこの日本が見ならうべき政治はどこだと思われますか。」

諭吉はまず、将軍を頂点とする幕府（公儀）が主宰する政治（幕藩体制）はそのままでは時宜に適さなくなったこと、昨年末にはじまった朝議による参与会議はすでに崩壊した事実を語る。

「いずれも一人の公方様（徳川宗家）のもとに三百以上の藩主が政治のトップに納まっているから

だめなのです。幕閣といい、参与といってももともとは殿様でしょう。殿様は一国の主です。三百の主がいる国がひとつの意志にまとまるのは至難の業です。どだい無理というものです。」

すかさず竜馬が相槌を打った。対面したときには部屋の戸口に端座していた由吉の姿がいつのまにか消えているのに二人は気づいていない。

「そこです。勝先生や越前の松平の殿様、それに横井小楠さんの話を聞いても、なんとしても納得できないのは、幕府や殿様を残したままで、この国が一つにまとまることができるか、という点です。」

諭吉はすでに書き上げた草稿を諳んじるように竜馬に披瀝する。

「政治に三様ある。モナルキ・君主制、アリストクラシー＝貴族合議制、レパブリック＝共和制である。モナルキに二様ある。デスポット＝君主独裁でロシアやシナである。コンスティチューショナル・モナルキ＝立憲君主制で多くのヨーロッパ諸国がこの政体になっている。

ロシアのようなひとりの恣意によって国政を壟断するのはもってのほかだ。フランスは共和制だが、その法の苛酷なること独裁制と異なるところがない。純粋な共和制はアメリカだけだが、日本が範とするのは不可能だ。アメリカとちがって日本には天子様（天皇陛下）がいる。じゃあ日本が範とするにたる政治を欧米に見いだすことが不可能か。ひとりイギリスが残っている。」

諭吉はここで一拍おいて、遺漏なきように注意しながら述べる。

「イギリスでは世襲の国王を立て、王命によって国内に号令する。立君制だ。同時に、国内の貴族が上院を構成し、事を議す。貴族制である。門閥身分を問わず人望のある者を選挙で選び、下院を立てる。共和制だ。このようにイギリスは三様の政治を混合した一種無類の政治なのです。」

竜馬が疑問を呈する。

「イギリスの貴族というのは公家さんのことですね。公家さんが政治に参与すると、ろくなことがないように思えるが。」

「そうじゃないのです。イギリスの貴族は現在日本の公家さんとは異なり、領主＝殿様でもあります。それにイギリスの王室は『君臨すれども支配せず』というように、すでに政治の実勢から離れています。」

諭吉のほうも言葉に熱を帯びてきている。

「つまりは、福沢さんは、藩も大名も、ましてや公儀なぞいらない。公家など無用だ。皇室、貴族院、それに民から選出される下院があれば十分だというのですね。」

諭吉がうなずくと、竜馬がさらに突っ込むように質した。

「一つ、天子は政治の実勢から外れる、これでいいんですね。

二つ、この貴族というのがやはりよくよくわからない。

三つ、政府、キャビネットはなくていいんですか。

四つ、身分制は基本的に取っ払われるように聞こえますが、それでいいんですね。」

諭吉は、茫洋でとらえどころのない容貌とはおよそ似つかわしくない竜馬の簡潔で鋭い質問に圧倒されていた。

「一と四はその通りです。しかし二と三はまだ思案検討中で、わたしには結論が出ていません。」

ここで諭吉は深く息を吸ってから、ぐっと身を反らせるようにしていう。竜馬を前にしては正直にいうほかない、というのが諭吉の率直な気持ちの表れだ。

「しかし中央政府がないまま、公儀や大名をなくしてしまったら、この国はばらばらになり、内乱必至で、簡単に外国勢力の手に落ちます。現実には、中央政府の役目を果たしてきた公儀が文明開化を推し進める大改革を図るほかには、いまのところこの国の現実的で明るい未来はないように思えます。」

一瞬、竜馬はきっとなった。とんがったのである。

「福沢さんの、幕府も藩も、身分もない社会という想いと、中央政府である公儀の文明開化のほかに日本の未来はないという現実論とのあいだには、大きな裂け目がありすぎるのではないでしょうか。」

こう竜馬が問い質したとき、由吉がそっと襖（ふすま）を開けて、二人に目で合図を送った。

すぐに奥まったこの部屋に向かってくる数人のけたたましい足音が近づいている。由吉の指示を受けた竜馬は、

「残念ですが、いずれ近いうちに。ここで検束されるわけにはいきませんから。」

という言葉を残して、庭へとふっと消える。このことを予想していたのか、竜馬は懐に草履を隠

しもっていた。

諭吉は大きく肩で息をし、なみなみと注がれ、口もつけられないままになっていた大振りの湯呑の酒を一気に飲み干した。由吉も同じように酒を軽く飲みこむ。諭吉が二杯目を注いだとき、「御免！」という声と同時に襖が大きく開かれた。

3　長崎へ

竜馬と別れた諭吉は中津に向かう予定であった。およそゆっくりでも二日の行程で着く。しかしここは天下の日田である。豊前、豊後、筑前、日向の天領を合わせて十六万石を支配する西国郡代が置かれている。しかも筑前福岡、筑後久留米、肥前佐賀、肥後熊本等の外様大名をはじめ、豊前、豊後、日向の中小大名ににらみを利かせてきた幕府支配の要の地なのだ。豊後の最西端の山国だが、筑後川の水路を利用していっきに有明海に、人と物を移動することができる九州は中・北部の十字路である。

それに高野長英やあの村田蔵六（大村益次郎）もその門をくぐったことのある漢学塾、門弟三千人といわれた広瀬淡窓の咸宜園（かんぎ）が師の亡き後も隆盛を誇り、たしか農学者の大蔵永常はこの日田の出身のはずだ。

もうすでに十年前になるが、安政元年（1854）、諭吉二十一歳の時だ。兄三之助の従者という形で長崎留学に向かったときはじめてこの日田の地を踏んでいる。その一年後、不快なことが続いたため遊学を断念して長崎を出奔したときが二度めで、長崎から中津に戻らぬまま大坂に出ようとしたときは、着の身着のまま腹を空かせてこの町をばたばたと歩み去っている。よい記憶として残っているものなどほとんどない。

それでも若い苦学期の経験である。思い出したくはないものもあるが、やはり懐かしい。諭吉は、長崎に赴かせた由吉の帰りを待つあいだ、この日田を十分見ておくつもりである。

その由吉である。諭吉の前ではじめて公然と武の力をかいま見せた。

竜馬がすばやく部屋から姿を消して数秒とたっていない。三人の武士が襖を開いて入ってきた。いちおう会釈はしたが、この部屋だと見当をつけた当人がいないのを確認しても、身構を解かない。古株らしいといってもまだ二十代の男が手で二人を脇に寄せ、名をなのり、尋ねる。

「わたくしは佐賀の松林隈之助と申します。最前この旅籠にたしか才谷（さいたに）とおぼしき背の高い浪人が入ったのを確認したところですが、こちらではございませんでしたか。」

ほかの二人は、松林が話し終わるか終わらないうちに、庭に向かって突進する構えだ。一人はすでに懐から草履を取り出している。

由吉は座ったままの姿勢で、左手でつかんでいた湯呑みを一瞬空中で静止させ、離した。同時に腰の一刀が鞘から離れ、神速の速さで湯呑みの上部を水平に断った。上部を輪切りに削がれた器は酒を満たしたまま由吉の手のなかに再び収まる。由吉はなにごともなかったようにそろりと口にはこぶ。ごくりと喉を通る音がしたほどに、部屋の空気は張り詰めたまま凍りついていた。すでに刀身は鞘に収まっている。

立ちすくんだ二人の足下を、輪切りにされて飛んだ湯呑みの上部が二度ほどカラカラと回転して畳の上に止まった。

間髪を入れず、諭吉が応える。

「わたしは中津藩の小幡といいます。これは剣術修行に出る甥の伴次郎です。いま二人でその門出を祝そうというわけでして、サイタニなどという浪人者はとんと承知しておりません。」

由吉の「剣技」にどぎもを抜かれた三人は返す言葉もなく引き上げざるをえなかった。その由吉が直後、往復七日の予定で長崎に赴く。熊谷から姿を消し、潜伏している五代才助の消息を探るためである。たやすい仕事とも思えない。

由吉である。どのような才があるのか、この青年、未知の天領長崎ですぐに五代才助の潜伏先を突き止めたのだ。最初、イギリス商人で、薩摩藩の高官であった五代となんども取引のあったグラバー邸と見当をつけたが、素封家の酒井三造にかくまわれているということがすぐに判明した。ここまで由吉が突き止めるのに、わずか半日と要していない。

諭吉と日田で別れた二日後の夕刻である。

日のまだあるうちに酒井の家屋敷を一通り見ておいた。想像通り監視の目があった。しかしそれは厳しいというのにはほど遠い。五代がこのゆるやかな監視に気がついていないわけがないと思えた。

六つ半（夜七時）をすぎて、五代は屋敷に戻ってきた。表門からである。悪びれた様子もない。由吉は一刻半ほど待ち、監視の目が離れたところをしっかりと確認し、酒井家に侵入する。五代が使っている居室はすぐわかった。身を潜めて暮らすのにはもっとも適した、ここより他にありえないという階段下の物置然としたかなり広めの空間である。ただし脱出は簡単ではないという難点がある。もちろん由吉は潜入であって、家人に出入りを請うてはいない。五代は驚愕するだろうが、それくらいは仕方がない。

狭い板の厚戸を軽くたたく。光は漏れてくるが音も声も返ってこない。

「奈良からの使いです。ユキチと申します。」

十秒ほど間があった。こういう十秒はきわめて長い。それでも身が一人ようやく入るほどに戸は引き開けられた。由吉は長刀をそっと差し入れる。刀が引きとられて、

「どうぞ」

と請じ入れる声が小さく発せられた。

五代はどんな場合もクールである。冷静を装うことができる。対面した由吉は、前口上もなくま

ずは諭吉にいわれた言葉をそのまま伝えた。

「福沢先生にいわれたことを復唱します。

一つ、弘安さんも、五代さんも薩摩に、否、日本になくてはならない人だ。これを言動の基本に置くこと。

二つ、薩摩艦船三艘爆破の真相はいかなる理由があっても、もちろんだれにも明かさないこと。漏らさないこと。

三つ、すでに英海軍と薩摩は賠償交渉を終えている。手打ちはすんだ。攘夷は、薩摩の国論を、国父の久光公を離れた。だから薩摩のために、お二人が、お二人だけができる緊急の具体策を久光公にかならず上申してほしい。その内容は五代さんが決める。

四に、慎重の上にも慎重を期して行動すること。藩から正式に「お咎めなし」の赦免状が届かないあいだは、だれであれ身を預けないこと。

五に、弘安さんは才助さんの基本方針に従う。事態が望むように解決するまで奈良で引きこもる。

以上五つ、福沢諭吉先生からいいつかって参りました。

これは諭吉先生がこの一月に江戸で弘安先生と密会してえた結論でもあります。

諭吉先生はいま中津への途上にあります。」

才助はメモをとった。大きくなんども頷き、冷静な男にしては珍しく、いまにも涙がほとばしり出そうな表情を隠せないでいる。しばらくメモから目を離さずにいた五代は、感慨深さを隠そうともせず、いう。

「福沢諭吉さんですか。弘安さんから何度も聞いております。五つのこと、ありがたくすべて承知しましたとお伝えください。」

才助が由吉に短く伝えたところによると、下奈良村から長崎への脱出行では、幾度となく生命の危機にでくわした。同伴した吉田家の二男次郎とはすぐに離れたが、身の安全を保証できなかったからだ。刺客らしきものに追われたときは、激流に飛び込んだが、天竜の藻くずになる覚悟をしなければならなかった。船旅は避けた。露見しやすく、脱出が困難だ。長崎に潜入してからは、すぐに監視の目に捕らえられ、剛胆そうに振る舞っていたし、グラバー邸へも何度となく真っ昼間姿を見せたが、どれもこれも「やましいことはない」という姿勢を強調するためで、内心、一瞬たりとも休まることはなかった。

ときに、厚情からか、やましいところがないならすぐにでも帰藩し、藩の公の審判を仰いでは、というような助言が届く。逆に「国賊」とののしる書き付けが送られてくる。

「まったく闇の中の一条の光とはこのことだ。慎重を期しながらも、弘安とわたしだけにできることを久光公に献策してみようと思う。」

半刻もいたろうか。この才助の言葉を聞いて、なんの痕跡も残さずに由吉は酒井家から、そして長崎から姿を消した。

4　大坂で

諭吉が中津の母たちが待つ実家にたどり着いたのは、四月の半ばを過ぎていた。江戸を発ったのは三月二十三日だったから、日田での隠密行を加えても、ほぼ予定どおりの日時を費やしての到着であった。

諭吉の到着を喜んで迎える母がいた。ひさしぶりに普段はほとんど繋がりとてない親戚縁者も集まってきた。

もうひとり、諭吉が母の待つ福沢の家に入るのを苦々しく凝視している男がいる。男は四月五日、前日の夕刻までしっかりその姿を確認していた二人を京の宿で見失い、大坂は天保山（港）まで急追したが、手がかりをうることができないまま、瀬戸内を渡海し、十日近くこの中津で時を空費しなければならなかった密偵である。

諭吉は中津で親類縁者に大歓迎を受けた。陪臣とはいえ幕府に取り立てられたことに加え、二度の欧米旅行が格別の土産話になっていた。諭吉の西洋かぶれを毛嫌いするものもいたが、特段に物騒な事件は起こっていない。

この旅の最大眼目であった、中津藩で塾生を獲得するという目的も、六人の留学生を、留学生活と将来身が立つ保証を諭吉が進んで引き受けるという条件付で、何とか揃えることができた。（その塾生中、小幡篤次郎はのちに諭吉のあとを襲って第二代慶応義塾長になる。）所期の目的は達成できたのである。一月半ほど中津にとどまって、区切りのいい六月一日、諭吉は六人の子弟を伴って中津港を出ることができた。もちろん由吉は槍持ちとして一行に従う。

瀬戸内の天候が、来た時とは全く逆で、はかばかしくない。風待ちのため周防の室津で最初に足止めを食ったのをはじめ、思いのほか日を費やすこととなった。大坂港に到着したのは六月八日で、下船した一行八人は再び川船を雇って堂島川をさかのぼり中津藩蔵屋敷にたどり着いた。ところが藩邸内は、京で起こった大変な事件の話で持ちきりである。

京の池田屋に集まった攘夷派浪士たち百人余が密談中に襲撃され、数十人が惨殺の目に遭い、いまも逃亡者が追跡されているというのだ。首領格の宮部鼎蔵（ていぞう）（肥後）、桂小五郎（長州）も殺された。攘夷派は、なんでも京都中に火を放ち、その大混乱のすきをみはからって帝（みかど）を薩会（薩摩会津）賊から救出し、長州に移そうという乱暴かつ大胆な計画だったらしい。

池田屋を襲撃したのは京都守護職雇い、壬生の浪士隊、新選組の近藤勇たちであった。

諭吉はこの話に耳を傾けながら、あらためて身震いを覚えずにはいられなかった。

悪天候のため風が収まるのを待っていた長府の室津（現・山口県上関）は、外国艦隊との決戦を控え、まさに臨戦態勢にあった。

素町人からなる民兵が銃を突き上げるようにして気勢を上げ、

「攘夷で夷狄は皆殺しだ！」

「今に長州が京になるぞ！」

などと気勢を上げているのが目撃できる。

諭吉一行は、二日ほど肝の縮む思いをして船中でじっとしていた。もし京での攘夷派掃討の惨劇が話通りなら、室津での気勢は空事ではなかったのである。


京中に火がかけられ、攘夷派がこぞって京大坂に殺到していたら、開国派や洋学派は根こそぎ血祭りに上げられていただろう。諭吉たちもこの大坂で側杖を食らうことになったかも知れない。

諭吉はさっそく由吉を京の実状把握に赴かせた。実状がわかるまで下手に動けない。この屋敷から一歩も出歩けない。いつものように石橋を叩いても渡らない式の用心深い諭吉が顔を出す。

夜陰に紛れ、中屋敷を見張る密偵の目をやすやすとかすめて由吉は京への道を淀川沿いにとった。しかし池田屋襲撃事件から三日たったというのに、大坂から京への道は武装した侍たちの警戒の目と検索の手に邪魔されて、容易に先に進めない。

手に杖、背に荷を背負った奉公人姿の由吉である。さすがに厳重な取り調べの手を逃れることはできたが、半里ほどの間隔でなんども制止を受け、先を急ぐことができない。ようやく京のとば口の伏見まで達したとき、夜は白々と明けていた。諭吉の足ならこの三分の一も手間取らないはずなのだ。

伏見の船着き場は乗り込む人の群れでごった返している。そこをすり抜けようとしたときである。京から群れを避けるようにやってくる武士に出会った。目があったが、由吉と気づかずにすたすたと通り過ぎてゆく。長身で恰幅がいい。胸元を大きく開け、大股で急いでゆく男は紛れもなく坂本竜馬で、日田で出会ってからちょうど二月になる。

由吉は瞬時に京での探索を諦め、踵を返して竜馬の後を追うことにした。

半刻ほど進んだだろうか。日が照ってぐんぐん気温が上昇してくる。川風が乾いた路上を吹き抜けてゆくが、埃が舞い上がるだけである。由吉の胸元から汗がしたたり落ち、その汗をぬぐおうと腰の手ぬぐいを引き抜こうとしたときだ。ひょいと前をゆく侍が振り向きざま、一瞥を送ってくる。目がいたずらっぽく笑っている。伏見では素知らぬ顔をしたが、気づいていたのだ。由吉のほうが歩を速め、竜馬のすぐうしろにとりついた。

「福沢先生が蔵屋敷に到着したところです。いいつけで京の町に入る予定でしたが、淀川沿いの街道は浪士狩りの目が光っていていささか危険です。」

由吉には答えず、竜馬はぽつりとつぶやいた。

「幼なじみの亀弥太が池田屋で新選組に殺された。」

亀弥太がなにものか、由吉にはわからない。竜馬は少し間をおいて続ける。

「亀弥太が神戸の海軍操練所から姿を消したことに気がついて、連れ戻すためにすぐに京に向かった。だが遅かった。すでに亀弥太たちは襲撃されたあとだった。池田屋をかろうじて切り抜けた亀弥太は、四条河原町の土佐藩邸に走り込もうとしたが、門は固く閉ざされたまま開かれない。やむなく二条の長州藩邸へと道を戻ろうとしたが、追跡を振り切れず長藩邸前で斬り死にした。亀弥太を殺したのは新選組だが、土佐や長州に見殺しにされたのだ。」

「亀弥太」の名を発するたびに、竜馬は悲しみと怒りの混じったやり場のない感情が暴れ回るのをおさえることができない。竜馬は幼なじみをいまはじめて失ったばかりなのだ。

守口の船着き場でいちだんときびしい取り調べを受けた。竜馬が土佐藩士だと名乗ると、いっそう厳重な調べになってゆく。このとき竜馬ひとりならおそらく暴発していたかもしれない。由吉の冷静沈着な対応がかろうじて竜馬の暴走をとどめたといっていいだろう。

大坂に入った。すでに月のない厚い闇がおりていた。おのずと由吉が先にたち、竜馬は黙って後にしたがう。風はぴくりとも動かず、熱気は少しもおさまりそうにない。

それでも中津藩の蔵屋敷にたどり着いて、井戸端でひとしきり頭から水をかぶって、ようやく二人は正気に戻ったように感じた。竜馬は二日、由吉はまるまる一日歩きづめなのに、眠気を感じない。ひとりは興奮のため、もうひとりは鍛錬によってだ。

二人が到着したとき諭吉はうとうとしはじめたところだった。すでに徳利の酒は空になっている。ゆっくりと床を踏む音が静かに聞こえてくる。はばかる音ではない。いくら由吉が健脚でも早すぎる帰着と思えたが、たしかにこの三ヶ月ほど聞き慣れてきた由吉の足音にちがいない。

部屋の障子は開け放たれたままだ。熱気が漂う闇の中から竜馬の顔がのぞく。由吉が後に続き、部屋が閉じられた。竜馬は挨拶と同時にどすんと床に腰を落とす。さすがに緊張がゆるんだのだ。

「京は危険です。攘夷派の浪士たちは野犬のように追い立てられていますが、逆にやけになって開国派とみれば見境なく刃を向けてきます。池田屋では幼なじみを一人失いましたが、桂さんは逃れたようです。思うに、この襲撃事件はむしろ口火にしかすぎないでしょう。やられた攘夷派の頭目、長州が黙っていないでしょう。」

由吉のかわりに竜馬がリポート役を買って出る。だが由吉について中津藩邸に来たのには、竜馬なりの理由があった。日田では邪魔が入り、最重要な答えを諭吉からえることができなかったのだ。よほど気にかかっていたのだろう。すらすらと日田で諭吉に質した言葉が口をつく。

「帝は政治の実勢から外れる。身分制がなくなる。福沢先生はこれには同意されますね。問題は、貴族、あるいは貴族院です。それとキャビネット、政府です。これについて是非お聞かせください。」

二ヶ月前、竜馬に質されて、正直、諭吉は願望と現実をつなぐ方途に答えることができなかった。

帝室やそれをとりまく公家衆が政治舞台に飛び出してくるとろくなことがないというのが、歴史の動かしえない事実である。だが帝室を廃止することはできない。「尊皇中心主義」は困るが「尊皇」の念を日本人から消し去ることはできない。「一君万民」こそ、政治の実勢から外れる天皇と四民平等とをつなぐ組み合わせである。どういう形であるにせよ武士階級はなくしていい、なくならなければならない。ここまでは諭吉にもいちおうの答えはある。

「正直、貴族や貴族院についても、政府の形にしても、まだ具体的によくよく考え抜いているわけじゃありません。重要なのは最終目標とそれにいたる途上の現実の中身とはちがうという点です。いま、ただちに公儀が消滅したら、この国はまとまりを失い、瞬時も立ちゆくことはできません。しかしいつまでもこの国の政治が幕閣や諸藩重役の手にあれば、早晩この国は外国の軍門に下ることは火を見るより明らかです。」

竜馬は小さくうなずきながら、はっきりした口調でこういう。

「海舟先生も、小楠先生も、『開国攘夷』です。政治のトップは公方様や殿様を意味する『君』です。二つとも福沢先生とはちがいますね。」

「ちがうと思います。わたしは『開国』一本です。攘夷の嵐が吹き荒れているなかでは、この国の政府は、いま現在はともかくも開国、文明開化を標榜している公儀が仕切るほかありません。もっとも、公儀も、幕閣も、ごく一部を除いて、本心は愚直なほどに攘夷です。『開国攘夷』にちがいありません。」

竜馬はまたも小さくうなずきながら、諭吉に迫る。

「『攘夷』のなかには、『打ち払い』だけでなく『独立』という内容も含まれているでしょう。一国の独立をどう実現するかを考慮しない『開国』は従属、外国の軍門に下ることを意味するのではないでしょうか。」

こんどは諭吉が小さくうなずく番である。

「開国」しつつどう「独立」を維持あるいは回復するのか、いまのところこの問題に対する具体的な解決策は幕府にも諸藩にも、そして自分にもないように諭吉には思える。

最後に竜馬が爆弾を投げかけた。

「長州は、英米艦隊の攻撃があれば消滅するかもしれません。その攻撃をうしろからけしかけているのが公儀です。英艦を薩摩にけしかけたのも公儀でしょう。公儀は外国軍を好んで引き入れて反幕勢力を制圧しているとは思われませんか。これこそわが国が二分され、敵国の手に落ちるという自滅の道ではないでしょうか。」

諭吉の頭の中を「開国」「従属」、「攘夷」「独立」、「幕府」「反幕制圧」、「外国軍」という言葉が渦を巻いて回転しはじめた。それを知ってか知らずか、竜馬がすっと立ちあがり、ていねいに別れを告げ、静かに部屋を抜けた。


大坂の真夜中の風はまだ熱いままだった。そよとも動いていない。だが竜馬の心は熱を消し、闇の中にとけ込むように静かに沈潜してゆく。早足に歩みながら、外部世界の情景が竜馬の意識からどんどん消えてゆく。

大坂城下の最北部、淀川の本流べりにたどり着いたときである。

竜馬に向かって闇の中から声もかけずに襲いかかってくる集団が現れた。我に返った竜馬は、身を翻してその場を逃れようとしたが、遅かった。取り囲んだ相手はすでに刀身を曝している。「人違いだ」といおうとして、やめた。押し寄せてくる殺気は相手が誰でもかまわぬらしい。京で狩り立てられ、追いまくられ、大坂でも逃げ場を失った攘夷派の残党に違いない。じりっと輪が縮められる。闇をかすかに伝ってくるものがある。昨夜京でかいだ血の匂いが蘇ってきた。いたしかたなく竜馬の手が刀にかかった瞬間であった。輪の背後から静かに声がかかった。

「人違いでしょう。そちらは土佐の才谷さんです。」

すぐにその声に向かって無言で白刃がひらめき、同時に鈍いうめき声があがる。四尺ほどの長さだろう、昨日来、竜馬が目にしてきた杖とともに長身の由吉が姿を現した。囲みの一つを破られた一団が、竜馬に目もくれず、いっせいに由吉めがけて殺到する。

由吉は最初のひとりが踏み出した膝頭にすっと杖をのばす。踏み込みながら横に払う二人目の刃を軽くかわして、杖の先端が脇の空いた相手の小手を下方から軽くたたく。鈍い音を立て、ひとりは腰から崩れ落ち、もうひとりは白刃を落として、手首を押さえた。残りの三人が押し包むように踏み込む。由吉の姿がふっと消え、ひとりが頭を押さえてうずくまり、背後から腰を突かれた者がうつぶせに倒れこむ。空を切った白刃を握ったまま最後のひとりが呆然と立ちすくんで動けない。

由吉が闇をすかしてみるが、竜馬の姿はすでに消えていた。この男、逃げ足が速い。神速というべきだろう。

事件簿3　幕府による文明開化をめざすの巻

1　ニューリーダーたち

「江戸もあいかわらず暑いね。」

諭吉が三ヶ月の中津帰省旅を終えて江戸に着いたのは六月二十六日だった。帰宅の知らせは朝早く品川宿から槍もちを走らせて知らせた。

「ご苦労様でした。お母上はおかわりなきようで、何よりでした。」

見違えるほど成長した小太郎を抱いた錦が出迎える。額に汗を浮かべた新妻の笑顔がやけにまぶしい。わずか三ヶ月の旅で、世界が変わって見えるようだ。

数人の塾生がいつものようにがやがやと言葉を交えながら、諭吉が連れてきた新塾生たちに好奇な目を向けている。六人の塾生を横に並べて、諭吉が順に紹介する。

「こちらが小幡篤次郎、甚三郎兄弟、同じ小幡だが血縁じゃない貞次郎、服部淺之助に浜野定四郎、それに最年少の三輪光五郎だ。詳しいことは追々わかるとして、六人とも江戸ははじめてだからよろしくたのむ。」

六人はまず錦に向かって深々と挨拶をする。

早立ちの槍持ちを除く六人が鉄砲洲の中津藩中屋敷に消えたのを遠くから見送った密偵は、さしたる収穫もないまま、手ぶら同然で江戸に戻ることになった。だが、なぜかほっとしている。大坂から江戸までは半月あまりにおよぶ旅であった。それに総勢八人だからなにかと目立つ。攘夷のテロを恐れる諭吉一行は片時も気が休まることがなかった。その気張りのほどが密偵にも伝わってきていた。それがようやくこの日に解けたのだ。

だが攘夷のテロの恐れはあったものの、諭吉にとってこの三月におよぶ旅の収穫は決して小さくはなかった。

最大のみやげは、中津から引き連れてきた六人の青年たちである。これでまとまりを欠く英語塾に、ともかくも核ができる目処が立ちそうな確信が旅の途中ではやくも生まれつつあった。とくにあんなにも江戸行きを拒んだ小幡兄弟が才でも意欲、それに規律でも一頭地を抜いているのがすぐにわかった。旅は偉大な学校であるというが、この学校にはとびっきり優れた教師がついていたという自惚れが諭吉にはあった。

もうひとつは由吉と秘密を共有することになった坂本竜馬との出会いである。諭吉がこれまで中津藩士や幕臣のなかはもとより洋学者仲間にも見出したことのない竜馬の言動は、荒削りだが繊細な心、大きく物事をとらえながらもっとも微妙な右左の境目を見逃さない精神力をもつすばらしい男であることを証していた。

諭吉には複雑な事柄を明確に理解するために、ことさら単純化してみようという思考癖がある。意識的に○か×かに弁別する二分法だ。開国か、鎖国すなわち攘夷か。幕府か、朝廷か。佐幕か、倒幕か。諭吉の解答は、つねに具体的で、現実に解決可能な方途いかんへと鍵を求めた。理想やめざす方向が無意味だというのではない。現実を無視し、理想や感情に走るもののほとんどが、ものごとを冷静に直視し、現実の困難を打開する熟慮や努力をしないまま、問答無用でことを済まそうという傾向が大だからだった。

だが、自分よりわずかだが若い、学問もさほどしたようには思えない、外国経験も皆無な一介の浪士の竜馬が、諭吉があえてとってきた単純な二分法では現在の日本の現状を理解できない、むしろ理解の妨げになっているのでは、と指摘したことに新鮮な驚きを禁じえなかったのである。竜馬の考えかたは、竜馬が師と仰ぐ勝海舟とも、横井小楠とも根もとのところで異なるように思えた。

いまでも鮮やかに思い起こさずにはいられない竜馬の一言がある。

「長州が沈めば、そのつぎは薩摩が沈む。公儀徳川が再浮上し、開国の益はもっぱら公儀の独占になる。公儀独裁が再興する。」

政治経済的には無能無力な朝廷を、岩倉具視のような急進公家と共謀して勝手気ままにあやつり、実現不能な攘夷即断をもてあそぶ長州は亡国の徒であり、滅んでしまったほうがいい、という点で、幕閣や幕臣のなかでももっとも急進的な小栗忠順と諭吉は意見を同じくしている。だが、竜馬が示唆したように、長州や薩摩に砲を向ける外国艦隊の背後には、将軍後見職一橋慶喜や幕閣たちの意志が介在していることも火を見るように明らかなのだ。

　薩摩が英艦隊に砲撃され、ひいては友人の松木弘安が拉致されて潜行生活を余儀なくされているのは、薩摩暴発のゆえでもあるが、「生麦」事件を奇貨として攘夷暴発へと誘導したイギリス高官の意志とともに、この際、便乗して薩摩を叩こうという幕府の意志があったことを見逃すことはできない。幕府外国奉行の翻訳方にいると、幕閣と英国艦隊との裏でのやりとりが手に取るように見えてくる。

「幕府のほうがよほどあくどい。」

「幕府は英艦隊で薩摩の攘夷派を押さえ込み、いままた四カ国艦隊で長州の攘夷派を蹴散らし、長州を衰滅させようとしている。なるほど幕府は英国に十万ポンドをすでに払い、四国艦隊にはその何倍もの賠償金を支払うことになるかもしれない。しかしその程度で最強の反徳川勢力である薩摩と長州を殺ぐことができるなら、攘夷暴発は決して高すぎる買い物ではない。」

　これが竜馬の意見である。

　諭吉は、竜馬の具体的な政治目標が奈辺にあるかわからなかったものの、開国か攘夷かだけでは、攘夷だけを声高に主張する朝廷・公家と基本的には区別がつかないということはよくよく了解できそうに思えた。もう一度あう機会があったなら、こんどはこちらから竜馬の真意のほどを質さねば、と諭吉には強く自分自身に念を押すところがあった。

諭吉が江戸に帰着し、翻訳方の仕事にもどるとまもなく、つぎつぎに大事件が出来した。

七月十九日、昨年八月の政変で京を追われた長州が、天皇を京からお救いし長州に迎えようというとんでもない目的のもとに武装蜂起したのである。

長州軍を迎え撃った会津、桑名、薩摩連合軍が司令部を置き、主戦場ともなった門の名をとって「蛤御門の変」あるいは「禁門の変」とよばれるようになったが、明らかに軍事クーデタである。重軽火器をたずさえた数千の正規軍が御所を挟んで激突したのだから、まさに「内戦」とよぶにふさわしい規模のものである。その戦火で、池田屋騒動のときには防ぐことができた京の町並みも、その南半分は完全に焼け野原となった。

戦いは連合軍の圧倒的勝利に終わり、長州は政治敗北に続く軍事敗北で、この時をもって「朝敵」の烙印を押されることになる。ただちに幕府は長州征伐の詔勅をえて、西国二十一藩に出兵を命じた。

これに連動するかのように、八月五日には英米仏蘭の四カ国連合艦隊が下関砲撃を開始する。虎の子の砲台すべてを破壊され、港湾を抑えられ、外国兵の上陸を許し、惨敗した長州は、四国連合艦隊に降伏し、講和条約を結ばされて、あっけなく攘夷の旗を降ろさざるをえなくなった。

この機に乗じて、幕府は長州を経済封鎖に処し、事変の責任者として三人の家老の首を差し出させ、藩主毛利父子に落飾隠居を命じた。一見して、長州藩は幕府に、かつ夷狄に無条件降伏したのである。ことは幕府の思惑通りに展開していた。


だが竜馬との密会後である。諭吉の目から政治変動の伏線や点線が見えるようになっている。それに、松木弘安、五代才助の拉致事件の顚末にかかわった経験が重なる。

薩摩が英艦隊と戦った。あっという間に講和が整い、賠償金が支払われ、薩英のあいだに政治経済軍事文化で緊密な関係が生まれる。長州が連合国艦隊に敗北し、講和の結果、攘夷の旗を捨てる。

諭吉には木村善毅を通じて勘定奉行小栗忠順の話が入ってきている。

「長州藩が素町人を含む士農工商四民総動員の総力戦を断行し、また連合国艦隊が十七艘の艦隊に兵員五千をひきつれての戦いだったにもかかわらず、双方の戦死者が異常に少ない。長州藩十三名、連合軍側十二名で、損害は薩摩一国と英戦艦が戦った薩英戦争より遙かに軽微なのである。

八月五日に戦端が開かれ八日まで連合国側の攻撃が続いたが、十四日にはすでに講和条約の調印が終わっている。まるで長州と連合軍がシナリオ通りに進めた大芝居のようにだ。」

小栗は表情を変えずこう続けたそうだ。

「戦いが、あるいは講和が長引き、連合国の攻撃に便乗して征伐軍が長州に攻め込むことになったなら、公儀は長州一国を召し上げてしまうことも可能だったろうに。」

諭吉は反幕派の立場になって考えてみる。

薩英戦争も、下関戦争も、外国軍を使って幕府が反幕勢力を殺ごうとした作戦に見える。事実、昨年の薩英戦争では薩摩に恩を売り、八月十八日の政変ではその薩摩を使って朝廷を占拠してきた長州攘夷派を追放したではないか。こんどの京都内戦では、再び薩摩軍を用いて長州軍を力で打破し、さらに連合国艦隊を使って長州に壊滅的な打撃を与え、いまや長州廃滅の最終的な仕上げの段階に入っている。

この二年、幕府の打った手はことごとく当たった。桜田門外で大老井伊が討たれて以来、揺らぎに揺らいできた幕府の威信がいっきょに回復した感がある。

幕府外交の末端につながる諭吉にも、この政治力学の変化が手に取るように感じられる。同時に、薩摩と長州という二大大国は、外国軍との総力戦に敗北して、国家衰滅の危機を迎えながら、国論の大転換を果たすことができた。攘夷から開国、反幕から倒幕、鎖国から西洋文明に依拠した富国強兵路線への大転換である。この転換を旧態然とした世襲政治で果たすことが不可能なことは火を見るよりも明らかだった。

ニューリーダーとして薩摩に西郷、大久保が現れれば、長州に桂、高杉が台頭している。

小栗、反幕派、いずれの見方が正しいか。開国か、攘夷かでは、この外国艦隊との二度の戦争がたどった基本的な推移は見えてこない。こう竜馬が示唆していたのだ、と諭吉はいまでははっきり認めることができる。

2 直参旗本になる

中津であれほど江戸行きを嫌っていた小幡兄弟をはじめとする六人は、すぐに江戸の水になれ、諭吉の思惑通り、英語塾に規則正しい修学と生活のリズムをはぐくむ原動力になりつつあった。何よりよかったのは、小幡兄弟が勉学熱心なことである。篤次郎は二十三歳の若さながら、俊英の誉れ高く、中津藩藩校進脩館ではすでに先輩に伍して教鞭をとっていたのだ。ただ純正の漢学生だったから、「洋学者になるなどはとんでもない」とはじめは諭吉の勧誘にまったく耳を貸さなかった。

しかし、なにを学ぶにしても、好きでこその学問である。どんなに素養があっても、好きでないと、積んだ学問はすぐに腐り、廃れる。付け焼き刃で終わる。それに中津は京大坂や江戸と比べると、まるまるの田舎だ。もっと広いところで、世界大の学問を学んでみたい。英学第一人者を任じる福沢先生のもとで学ぶなんぞは、願ってもないことである。こう篤次郎は、江戸に着いてまもなく身にしみて感じ取ることができた。

「先生を師とも親とも思い、学問で身を立てよう。」

それが小幡兄弟の誓いであった。

兄弟が率先して早起きを励行し、勉学先行で進み、規則正しい食事と整理整頓された居室での生活習慣を守ったため、おのずとそのマナーが他の塾生に伝播していった。一月もすると、塾にごく当たり前の規律が生まれ育ちはじめた。塾を寝ぐらとしか思わず、昼日中からたむろして騒ぎ回り、ときには酒飲に及ぶこともあった不逞の輩はいつの間にか塾舎から姿を消している。

福沢英語塾が義塾（パブリック・スクール）の体裁を整え、塾生たちの入門帳を作り、そこにようやく昨年から始めた英語塾門下生の氏名を記すことができるようになったのはこのころである。

そんな七月のなかばである。暑い中をひさしぶりに福沢村の由吉が姿を現した。といっても由吉の在所である太田宿の福沢は江戸よりはるかに暑い灼熱地獄で知られている。そよとも風の吹かない内陸部で育った由吉は額にうっすらと汗をかいているにすぎない。

由吉はいまでは中津藩邸のひとたちに諭吉と血縁ある青年と思われ、塾生たちのあいだでも福沢家の家族同然の扱いを受けている。しかも物静かで胆力もあり、どうも腕も抜群に立つという噂が定着している。

諭吉は在宅していた。あいかわらず本と書類の洪水のなかにいる。

「オッ！」

と、由吉の来訪挨拶を背で受けたまま、顔だけをあげて振り向いた諭吉が声をあげる。

「一昨日、弘安先生に非公式ではありますが、帰藩すべしとの藩命が届いたそうです。」

珍しく由吉の声が弾んでいる。諭吉も満面に笑みを浮かべ、歓声を上げんばかりだ。

「弘安さん、武蔵の国の外れでこの半年じっとしていた甲斐があったというもんじゃないか。これで白金で待ちこがれている美人の奥方ともお会いできるね。」

弘安がじっと片田舎で身を潜めているあいだ、弘安を取り巻く事態は少しずつ好転しだしていた。弘安の恩師で結婚の媒酌人でもある蕃書調所教授川本幸民が、薩摩藩の江戸詰の上士につてを求め、密かに松木弘安の消息を部分的に漏らすなどの工作を続けていたことは、諭吉も承知している。弘安を潜伏先の下奈良村へと手引きした洋学仲間の清水卯三郎も、いつまでも仲間たちに弘安のゆくえを隠しておくことができなかったらしい。それが人づてにおのずと薩摩藩江戸屋敷のほうにも流れてゆく。

すでに薩摩と英国とのあいだには賠償問題も片がつき、係争関係はない。両者はむしろ最恵国関係に入りつつあった。長崎での五代才助の上申書も功を奏したようだ。

薩摩藩は、広く国を開き、英国をはじめとする諸外国と交易を展開し、実際的、実利的かつ学術的な関係を結ぶ必要に迫られている。それも急を要する。人材はいくらあっても足りないのだ。政治や外交や軍事では西郷、大久保をはじめとした多士済々な新人材がすでに活躍している。しかしビジネスや学術の分野では才助と弘安の才が飛び抜けていた。すぐにでも二人に帰国を促し、その才を存分に活用したいというのが、島津久光だけでなく、久光と対立する薩摩革新派のリーダーたちの考えでもあった。

だが薩摩は国論を急転換させたとはいえ、攘夷派も、旧守派もいまもって大きな勢力を形成している。英軍と講和を結んだが、外国にも英国にも信をおくことはできない、と考えている家臣たちが絶対多数を占める。信をおくことと、交誼を結んだり、交易をすることは、別個独立な行為であるということを理解できる人は、ほんの一握りにすぎないのだ。

ましてや、才助と弘安には、イギリス軍のスパイではないか、という嫌疑がかかっている。それがきれいさっぱりと晴れたわけではない。

そのうえ才助には英国商社のエージェントであり、多額の賄賂を懐にしたという追訴の声が上がっているのだ。このままの状態で二人が帰薩すれば、必ず襲撃され、一命を落としかねない。いや、落とす可能性のほうが大である。

これが薩摩政府上層部の理解である。

しかも上層部には才助の口から漏らされてはならない秘密があった。もし才助のほうにその秘密を漏らすような気配が毛筋ほどでも認められたら、才助を闇から闇に葬ってしまわなければならない。だから慎重の上にも慎重を期してきたのだ。機密漏洩の杞憂はない、まったくない、と才助に対する数度にわたる非公式な聴取で判明したのだ。結果として、諭吉の忠告が功を奏したようである。


「弘安先生は七月の末に正式に江戸に戻ることになりました。その前に先生にあってお礼を述べたいそうです。」

「それはかまわぬが、正式な帰藩となれば、まずは順序を踏むことが大事だろう。わたしは逃げも隠れもしないのだから、そのあとゆっくりでいい。もちろんこちらからお訪ねするのが筋だろう。そう伝えてほしい。」

諭吉はそういって仕事を続ける。由吉は別室で「はいはい」をはじめた諭吉の長子小太郎にしばし愛想を振りまいていたが、いつの間にか中屋敷からその姿は消えていた。

諭吉は、仕事の手を休め、思う。

「弘安に降りかかった災難は他人事ではない。いつなんどき自分の身に降りかかるやもしれないではないか。それに密かにではあるが、弘安の災難に自分もなにほどかは足を突っ込んでいる。もしこのことが幕府の密偵にばれていたら、ブラックリストに載っても不思議ではない。」

ここまで思いが進んだが、諭吉は仕事に再び没頭し出していた。

弘安が江戸に戻って、妻の茂登（もと）の実家がある白金の曾（そう）家に足を踏み入れることができたのは七月二十六日である。妻と顔を合わせるのはじつに一年半ぶりのことだ。

翌日には江戸詰用人に呼び出され、正式に帰藩の許しを伝えられ、藩論転換のしだいを聞かされ、近く重要な内命が下ると知らされた。

弘安の動静が落ち着いたころをみはからって、諭吉は遣欧使節で日々をともにした箕作秋坪を伴って、白金の曾邸を尋ねた。弘安にとっては一年ぶりの気のおけない諭吉との会話である。談笑は夜におよんでも絶えることはなかった。

文久四年、二月二十日に改元された元治元年（1864）は諭吉にとってはじつに悲喜こもごも波乱の連続であったというべきだろう。喜楽のあとには怒哀が、恐怖に続いて安堵が、平穏を狂乱が突如襲うというような日々である。

十月六日、諭吉は外国支配翻訳御用に登用された。「御雇」がとれただけだから、ワンランクのアップにすぎないと見えるだろう。そうではない。正式の幕臣、百五十俵の旗本になったのである。旗本といえば、「直参」といわれるように、武士階級の身分としては「大名（殿様）」と同格である。たとえ万石の禄をもつ大名家の重臣といえども「陪臣」にすぎないのだから、家格が違う。

このとき諭吉は中津藩下士十三石一人扶持の返還を藩庁に願い出ている。その許しをえたときをもって福沢家は中津藩士であることを辞めたわけだ。幕臣になったからといって、中津藩士を辞めなければならないという法はない。二重藩籍の幕臣はたくさんいる。諭吉の藩籍返還には特別の事情があった。

幕府は、禁門の内戦で敗北して朝敵になった長州を討つために、七月二十四日、西国二十一藩に出動命令を下した。その命令が中津藩に届いたのは八月中旬である。中津藩は譜代中でも生粋の親幕派で、海を一つ隔てた長州の軍事突出が亡国の危機を招く、とにがにがしい想いでその暴挙の一挙手一投足に注視してきた。

その長州軍が京都で大敗北を喫し、いままた外国連合軍に敗れた。そしてついに幕府を先頭とする朝敵長州征伐の勅令が降ったのだ。この戦いには天の声、地の利がある。張り切って当然だろう。中津藩主みずから大将に立って総動員をかけ、小倉の黒原まで出動した。総勢二千百三十四人におよんだというのだから、根こそぎの出兵で、その意気込みたるやすさまじいというべきだろう。だが、いわゆる「勝ち馬に乗る」の類、いってみれば「烏合の衆」に等しい陣立であった。

問題はこの出動命令が、八月末に諭吉の中津藩塾生たちのもとにも来たことにある。このとき諭吉は藩の命令を無視し、塾生たちには

「帰国するにはおよばない。」

と説いた。ただし「厳命」に等しい。

中津藩の出動は年を越す。だが長州に政権交代があり、新政権は戦う前から戦意喪失で、ただちに無条件降伏し、翌年元日、講和が成立した。中津軍は戦わないまま正月三日に陣地を引き払っている。ただ戦闘はなかったものの、諭吉の英語塾の中津藩士が出動命令に従わなかった「事実」だけは厳として残った。

諭吉が出動命令の下りた中津藩塾生を帰国させなかったのは、いかなる理由を持ち出そうとも、明白なる藩令違反（出兵拒否）である。厳密にいえば塾生たちの行為は「脱藩」行為に相当する。国事犯だ。もし諭吉が幕府の役人でなかったら、塾生ともどもただちに処断されてもなんら文句のいえないところだ。

藩庁が幕臣の諭吉を処断するには、幕府が許しかつ諭吉を罷免する必要がある。幕府の意向を飛び越えて直に藩の意志を貫くことは難しい。これが「二重国籍」のやっかいなところだ。諭吉は、処断を免れるために、自ら禄を返上し、藩籍を除き、幕臣一本になったというべきである。諭吉だけではない。

塾生たちも藩士に戻る道は、この帰藩(出兵)命令違反で、よほどのことがないかぎり断たれたというべきだろう。

中津ではなく江戸で、この学塾で「自立」をめざす。師の諭吉のように、学問で身を立てるしかない。これが、江戸に到着して間のない彼らに降りかかった「運命」であった。いってみれば退路が断たれたのだ。目の色を変えて生活全般を学術一本に染め上げなければならない必然が生まれたのである。

同時に、諭吉の肩に、小幡兄弟をはじめとする塾生たちの現在と将来がいっそう重くのしかかってきたことになる。

「英語塾をなんとしても維持しなければならない。塾生たちの現在と将来の生存がいつに塾の成否にかかっている。」

「あの六人だけはなにがなんでもわが手で一人前の学術者に育て上げなければならない。」

諭吉が、「なにはなくとも塾」、「塾こそわが命」と考えるようになったのは、このときを嚆矢とする。

諭吉には、塾生の出兵拒否問題の他に、気がかりなことがあった。問題はこちらのほうが重く、奥が深いだろう。

この年（元治元年）十月の下旬、新銭座の木村摂津守邸を訪れた諭吉に、閑職とはいえ蕃書調所から洋書調所に、さらに開成所へと改称され増設された幕府の洋学校の頭取になった主（あるじ）の善毅が小声でつぶやく。

「じつは脇屋卯三郎の件だが、すでにご承知か。」

「脇屋殿が城中で同心たちに引き立てられてゆくのを執務中に目の当たりにしました。驚きました。評定所で厳しい取り調べを受けたそうですね。」

「その脇屋が去る十九日、伝馬町の牢内で処刑（切腹）された。」

「聞きおよびました。なんでも長州の親戚に宛てた手紙に、帝を奉じてどうのこうのという内容が記されていたそうで、公儀の役を預かる者がなんたる振る舞いか、ということになったそうですね。」

「その手紙が、密偵の手に落ちたのだ。つまり脇屋は密偵の監視の下にあったということだろう。」

木村善毅があらまし語ったところによると、こうなる。

元治元年（１８６４）八月二十五日、諭吉が目撃したように、神奈川奉行支配組頭（次官相当）脇屋卯三郎が江戸城中で逮捕された。脇屋はただちに評定所で寺社奉行、町奉行、目付直々の厳重な取り調べを受け、十月十九日に伝馬町の牢内で処刑（自裁）された。正式な罪状は、ずっと生々しいもので、長州の依頼によって外国勢力と長州との同盟を斡旋し、幕府を共同して討とうとする陰謀に加担した容疑である。スパイと認定されたのだ。

冷静に聞いているつもりだが、諭吉は内心の震えがとまらない。理由は二つある。

一つは、五代才助にかかわっている。五代は薩摩藩のリーダーの密命を受け、イギリス商人グラバーのエージェントとしてたびたび上海等に密航し、軍艦、鉄砲、殖産興業の資材等を密輸し、薩摩富国強兵の先兵役を任じていた。これが、藩の内外に、才助の自主単独行動、つまりは独断専行と映った。

薩英戦争で五代が英艦船に拉致されたのは、薩軍の状況を敵に知らせるためあらかじめ英国と示し合わせた上でのことであり、薩摩艦拿捕と破壊はスパイ活動の置きみやげである。さらにグラバーと組んだビジネスで、くりかえし藩の公金を私消し、みずからの懐に莫大な金をねじ込んだ。こう疑われたのだ。

諭吉は、由吉を通じて、藩リーダーの密命の件はどんなことがあっても漏らしてはならない、と才助に厳命した。長崎で密会したさいだった。才助は、戦艦をはじめとする売買で浮かした公金を、だれとは特定できないが藩のリーダー（おそらく久光のお側役に登用され、薩英戦争で薩軍の総指揮をとった大久保利通以外にはいないだろう）に流した。それが裏金として幕府・朝廷・他藩の工作に活用され、「外交の薩摩」の名をほしいままにする一因となった。

だがこの時点で薩摩の密命や、五代の密貿易、工作等が幕府の明らかにするところとなったらどうなるだろう。その漏洩の密封を指示した諭吉に累が及ばないだろうか。もし漏れないまでも疑われただけで、脇屋の件どころの騒ぎではなくなる。翻訳方の諭吉は機密を要する外交文書を直接扱っているのだ。

「福沢君、この時期、きみだけでなく同僚の箕作（秋坪）や開成所教授になった杉亨二までがいっせいに、御雇から幕臣に引き上げられた理由を、よくよく考えてみる必要があるだろう。」

木村のいうとおりであった。幕臣になった、旗本だ、身分も禄も格段に上がった、などと単純に喜んでいてもいいわけはない。いずれ幕閣に連なるであろう開国派の木村がかくいうのだ。

「日本の外交を担う公儀（徳川政府）にとって、外国勢力に機密が漏れることをなんとしても防がなくてはならない。外国勢ばかりではない。国内各藩に公儀が握っている情報が漏れてはならない。大小にかかわらずだ。とくに外国奉行支配下にある翻訳係は、外国政府等の機密文書を直に扱っている。ここからの情報漏れは対外交渉にとって致命的だ。

機密を取り扱う公儀御雇いを幕臣に取り立て、ダイレクトに公儀の支配下に置くことで、機密漏洩を防ぐ。脇屋の逮捕と処刑は、機密漏洩に対して一罰百戒をはかる公儀の思惑のあらわれなのだ。」

諭吉は木村善毅の言にうなずきながら、諭吉が扱った文書の写しやメモが自室に散乱している現状を思い浮かべ、首筋が寒くなるのを禁じえない。

木村がダメを押すようにいう。語気は柔らかだが、断固たる調子だ。

「なにはさておき疑いを招くような手持ちのメモ類は焼却しなければなりませんね。機密情報に関連するような言説を吐かないことはもとより、書物にするようなことがあってはなりません。」

じつのところ、軍艦奉行として幕政中核付近に連なったことのある木村自身、諭吉とときを選ばずにかなりルーズな情報交換をしてきたのである。ことさら機密漏洩などを意識せずにだ。

「そういえば小人目付が翻訳御用執務室の隣で四六時中目を光らすようになりました。気を抜くことができなくなりましたね。」

木村は深くうなずいて、再び小さな声で、念を押す。

「密偵には、おたがい、これからもくれぐれも気をつけなければ……。」

こう述べた木村がこの年の暮れに海陸備向掛に復帰し、幕臣を監視する当の目付を兼務することになる。

3　副業の道、はじまる

幕臣になった。幕府のたんなる役人ではない。直参旗本なのだ。「殿様」である。だが諭吉に殿様風を吹かすようなところはどこもなかった。誰に対してでもある。とはいえ、なんといっても禄高に直すと九十石、それに十五両の手当を支給されたことになったことが喜ばしい。父、兄から受け継いだ十三石二人扶持と比較すると破格の待遇である。
では諭吉の暮らし向きは改善されたか。衣食住とも素寒貧のままなことは変わってない。逆に、諭吉は以前にもまして副収入の道を算段しなければならなくなっていた。

英語塾の塾生はほぼ二十人から三十人のあいだを推移するようになっている。塾生には塾料（束脩）を課しているが、この年にやっと入門帳、塾生名簿を作ったばかりなのだ。名簿がなかったということは、誰がいついくら塾料を払ったか、に無頓着ないしは無管理できたことを意味する。銭勘定に几帳面であった諭吉にしては意外な事実だが、ともかく雇われ塾長気分が続き、自由放任経営にすぎた。塾経営、塾生養成に本腰を入れていなかった結果である。元治元年（1864）に中津から留学生を連れてきて、塾生教育に本腰を入れはじめてからも、塾生が以前の乱暴狼藉ぶりをすぐには全面的に改めたのではなかったわけだ。

「松木（弘安）先生ご推薦の英学塾だそうですが、ともかく想像を絶するほどに大変なところです。新入でもっとも年下のわたくしですので、あれこれ言いつけられるのは致し方ないとして、塾の汚さ、乱雑さはたとえようもなく、誰も彼も時間にルーズで、とても勉学に励むなどという雰囲気ではありません。最初の日に、わたしの入塾を祝う酒宴が開かれました。すぐに酔ってとっくみあいになり、乱闘が塾内では収まらず、数人が藩邸外にまで飛び出したあげくに、ひとりが掘割に投げ込まれてようやく終わるという始末です。今日で四日目ですが、明日、福沢先生に相談の上、進退を決めようと苦慮しているしだいです。」

新入生が父親宛に長々と書いた手紙の一節である。入塾たった四日で、泣きが入っている。ただしこの新入生にはいわくがついていた。

「生麦事件」の賠償金を払え、払わぬと江戸に砲弾を撃ち込むぞ、と英艦が幕府を脅したときのことだ。新銭座が砲撃目標の射程内にあった。驚愕した諭吉には、松木弘安の友人で青山穏田で開業していた医者をたよって家財道具一式とともに疎開しようとして、大騒動を起こした苦い経験がある。

その医者の息子が元治二年（1865　ただし四月七日には慶応と改元された）に入塾したが、あまりの塾の乱雑ぶりに、一週間で逃げ帰っている。泣きを入れた新入生とは、この十二歳の医者の次男の可能性がある。もしそうなら手紙の内容には誇張があると思っていいだろう。だが、すぐにでも「暖かい」寝床に逃げ返りたい少年の心情を推し量り、新入塾生「歓迎」式という特別のケースを念頭に置いたとしても、塾生の乱暴狼藉は完全に収まってはいなかったと見るべきだろう。

一家を構えた。慶応元年（1865）九月には二子目が生まれている。中津から連れてきた六人をまるまる自前で養わなければならない。彼らを含め、学問ひとすじに生きたいと思う塾生が実力を備えるまでは、生活（衣食）の心配なく日々を送らせてやりたい。

塾経営に本腰を入れるためには、すぐにというわけではないが、学塾としての体裁を整える必要がある。新塾建設を視野におかなければならない。英書を備えることも欠かせない。それに自分ての蔵書も決定的に不足している。そんな蔵書を国内で獲得することはとうてい無理だ。いずれにしろ近いうちに欧米に再度渡らなければならない。その準備をはじめておく必要がある。ならば、幕府のお手当だけでは決定的に不足する。

中津藩上士の家で育った妻錦は、幸いなことに、質素を旨とし、家計のやりくりに不満を言い募るなどということはなかった。その分、諭吉に不如意を余儀なくさせている負い目がのしかかる。あれもこれも、どう算段しても、副業に励む必要がでてくるのだ。「副業収入」、これが諭吉に新しく課せられた不可欠の生計項目であった。

幕臣としての諭吉は、五と十の日（いわゆる五十日(ごとび)）、つまり月に六日登城して、翻訳の仕事をする。諭吉の仕事ぶりは群を抜いている。文句の出ようがない。これがノルマだ。

残りの三週間あまりは自由の身である。その空いた時間のいく分かをアルバイトに当てることができる。ただし「密偵」騒ぎがあった直後だ。諭吉は監視の目を刺激しないように、慎重にも慎重を期した。

役目の上でえることができる情報を、かつてのように居室に持ち込み、あちこちとばらまき、あるいは寄稿「記事」等に詰め込むなどはもってのほかである。公文書の写しや翻訳はもとより、メモ類も整理と焼却をしっかりとする。政治向きや外交にかんしては、業務以外でえた情報でも、彼が収集した文献からえた知識であっても、アルバイトの「種」から排除する必要がある。どこに密偵の目があるかわからないのだ。たとえメモ一枚のことでも、脇屋のように監視の目にとらえられ、スパイ容疑を掛けられ、いつ処断されるかわからないではないか。こう自分の胸にたたみ込みながら、諭吉には新しい副業にすでに自分がはまりこんでいることに気がつかないでいた。

慶応元年（1865）閏五月十三日、諭吉はかねてより親交のあった仙台藩江戸留守居役、大童（おおわら）信太夫に手紙を書き、都合のいい日を指定して、鉄砲洲の居宅までお出向きのほどを頼んでいる。

「……ご足労をおかけして申し訳ありません。かねてお尋ねのあった横浜英字新聞の件で、さっそくめどが立ちそうなので、お呼びしたしだいです。」

諭吉より二歳年上の大童は安政六年（1859）から大藩の要職、江戸留守居役を務めている。それを自宅まで呼び出したのだ。もっとも仙台藩上屋敷は中津藩上屋敷の橋一つ渡った隣で、中屋敷からもさほど遠くない。それにあくまでプライベートな小ビジネスである。

「わたしの方で例のペーパーは取り寄せます。その中の重要な記事を翻訳いただければ、先生ご用命の謝礼はお払いすることができます。」

諭吉はサムライ意地など無用のビジネス・ライクのつきあい方が好きである。大童も同じであった。ただしこの人、諭吉と違って根っからの武士である。仙台藩でも名の通った親幕派だ。その大童に向かって

『ジャパン・ヘラルド』は先の下関戦争にかんする欧州の評判を知る上で、公儀も参考にした英字新聞です。英艦をはじめとした長州総攻撃の強引さは、英国議会でも批判があったようです。内容は、まずわたしが保証しましょう。」

と約す。商売巧者の諭吉の一面が、このアルバイトですでに顔をのぞかせている。

諭吉は、週一回横浜で発行される英字新聞『ジャパン・ヘラルド』の論説記事等を翻訳し、それを塾生に筆写させ、仙台、肥後、佐賀、紀州の各藩に売り込み、買い上げてもらうという見込みをたてた。仙台藩留守居役との交渉はその手始めである。

この英字新聞、幕府支配の及ばない治外法権（租界）の横浜で公刊されている。幕府だってこれを蕃書調所に翻訳させ情報源として活用している。しかも紙面はなかなか幕府に好意的でもあるのだ。

諭吉が翻訳し、仙台藩江戸留守居役に売り込んだとしても、幕府の機密漏洩のコードに引っかかる恐れはまずないだろう。面倒なのは自分が引き受ける、横のものを縦にする翻訳だけだ。あとは単純な筆写作業で、手仕事である。塾生の手数だけはそろっている。筆写、仮とじ、配付などは多少とも塾生の勉強の足しにはなる。

こうして副収入の道ははじまった。か細い道に思えるが、すぐに取りかかることが出来る副業の道でもある。ただこのときはこの副業が、塾経営の本業の一つになるだろうなどとは、予測もつかなかった。

4　開国勅許

　諭吉は幕臣になった。形だけ、仕事関係上（ビジネス・ライク）の幕臣で、徳川家にも幕府にも忠誠心がなかったのだろうか。公儀に自分の人生や想いを託するところがなかったのだろうか。

「門閥制は親の敵」と断じた諭吉である。幕府に忠誠心なぞあろうはずがない。職（仕事）と信念とはおのずと分けていて当然ではないか。こう思われるかもしれない。

　だが事実はちがう。元治元年（1864）、諭吉は、日田と大坂で二度、坂本竜馬に会ったとき、将軍にも、幕政にもなんの期待も抱いていないと表明している。イギリスの「君主」は「君臨すれども支配せず」であり、その君主に擬せられるべきは「天皇」をおいて他になかった。

　ところが、である。その舌の根も乾かないうちに、慶応元年（1865）十月末、「幕臣」福沢諭吉は中津藩に「時務に関する上申書」という建白書を提出するのだ。（幕臣になったが、二重国籍は完全に切れたわけではなく、福沢は、中津藩邸に住み、中津藩士たちに英語を教えるという名目で雇い料六人扶持をあいかわらず中津藩から受けている。いわば中津藩の雇員でもある。）

　この年、政局が大転換した。

　朝廷、とくに外国恐怖症に陥っていた孝明天皇がもっとも恐れていたのは、京都に近接している兵庫港の開港であった。どっと外国勢それに外国風（ファッション）が京に押し込んでくることに恐れをなしたのである。

同じ慶応元年十月、一橋慶喜は、兵庫港開港を迫る列強軍艦の脅威を、朝廷に対する圧力すなわち「開港なくば砲撃も辞さず」にすり替え、兵庫開港延期を条件に、安政五年（１８５８）に幕府が各国と結んだ修好条約に「勅許」を賜ることに成功する。「尊皇攘夷」を旗印に反幕を煽る最大の材料となった「違勅開国」の重しがこれでとれたわけだ。慶喜の「完勝」で、それも天皇を恐喝まがいのやり方で脅した結果だ。策謀である。

攘夷の旗頭であった長州が、禁門の戦いで惨敗し、下関戦争では完敗する。藩主毛利父子追討の勅令をえた幕府は長州征伐の動員令を西国各藩に下し、長州を無条件降伏状態に追い込む。しかも「尊皇攘夷」を担いだ攘夷派が反幕府の一枚看板にすえた「違勅開国」状態を解消することができた。公儀（徳川政府）は威信を回復し、反幕・倒幕の攘夷派は凋落の一途をたどりはじめたかに見える。

浜御殿のモミジが赤く染まりはじめたころである。西日が江戸湾に映えて異様な輝きを醸しはじめたころあいで、その残映が中津藩中屋敷にも漂ってくる気配がしている。

この日、諭吉は小幡篤次郎を居室に呼び、真顔で議論している。諭吉が塾生と政治認識について議論するなどということ自体はほとんどなかったのだから、これは異例のことである。

「篤次郎、公儀が外国政府と結んだ修好条約に、ようやく朝廷から許しが出たことは知っているか。」

「いえ、いまここではじめて知りました。開国の詔勅ですね。遅きに失しましたが、おめでとうございます。」

篤次郎は目を輝かせ師をみつめている。中津から江戸に来て一年余、諭吉の期待に違わず塾のリーダーになってきただけでなく、すでに立派な開国派になっている。

「これで、公儀でも各藩でも、攘夷派は公儀が違勅を犯しているという主張の根拠を失い、開国が唯一の国是になる。攘夷派は一掃されなければならないということになった。」

「とはいっても、先生、公儀はもとより中津藩でも精神的心情的には攘夷勢力というか夷狄嫌いが多数派を占めるのではないでしょうか。」

「そこなんだ、問題は。篤次郎ならどうやれば攘夷派を押さえ込み、公儀を先頭にこの日本全体を開国派に変えることができると思うかね。」

篤次郎、解は掌を指すように明らかだとでもいいたげに、答える。

「公儀直轄の神奈川、長崎、箱館はもとより、新潟も兵庫も、それに各藩の主要港も、日本全国の主要な港湾都市を開港しなくてはなりません。先生が常々いわれているように、公儀が各藩に開港の布告をすべきでしょう。」

「中津藩はどう出るだろう。昨年の長州征伐では、国を挙げて出動したが、中津を外国に対して開港できるだろうか。もっとも、外交ならびに交易権は公儀にある。各藩の外国との交易は、幕府の許可と管理の下に行われることになるだろう。」

「先生、中津もずいぶん変わりましたが、万事に旧弊を改めるのに躊躇する気配が強くあります。幕臣の先生がよき助言をすると、そのまま実現するかどうかは別として、公儀に忠誠心を持つ人が多いことですから、開国派を勇気づけることになるのじゃないでしょうか。」

「そうか、助言か。建白書という手があるな。塾生に出た帰藩・出動命令を無視したので、藩ともぎくしゃくになったままだったから、それを解消する機会になるやもしれない。やってみよう。やる価値はあるな。」

頷きながら諭吉は立ちあがった。しかし妙に顔がほてっている。赤みが差しているのは西日のせいばかりではなかった。熱がある。体がぐらりと揺れた。


季節の変わり目の風邪はやっかいだ。思いのほか長引き、寝込んだため、建白書執筆のことが気になりながら、迅速を旨とする諭吉にしてはのびのびになった。できあがったのはその月末近かった。『御時務に関する申述書』で、ただちに江戸上屋敷の留守居役に届けられた。

この建白書の主旨は一貫して、中津藩は、幕府とともに開国政策を推進すべしというものである。ただしここには、諭吉が常日頃その意見にもその人柄にも傾倒している小栗忠順の主張が色濃く反映していることは否めない。否、この際、諭吉は小栗の意見に仮託して自己の見解を述べるという挙に出たというべきだろう。

小栗は、咸臨丸の副使（目付）として渡米した幕府内きっての開国論者である。ただしその政治論の特徴は、内政・外交・軍事・交易を一体的に支配する将軍を頂点とした公儀（幕府）独裁論を主張する点にある。要約すれば、
公儀以外に個々ばらばらの諸藩を一つに統括することは不可能である。公儀は率先して開国を促進し、外国の文明（産業・軍事・学芸）を積極的に取り入れ、政治・経済・軍事（とりわけ海軍）の強化と自立をはかり、列強に互す富国強兵の国を建設しなければならない、というものだ。

諭吉の建白書はいう。

幕府だけが唯一の正統なわが国の主権者、国権の執行者、政府である。

そもそも条約にいちいち朝廷の許し、勅許など必要ない。政治、外交は幕府に一任されているのであって、天皇も、諸大名も、あるいは藩中にあるさまざまな意見さえ考慮の外にある、幕府の専断事項である。

これまで藩士や不逞の浪士の議論に振り回され、混乱してきた大名は、条約勅許によって攘夷が天皇の意志ではないということが判明したので、どう舵を取っていいか迷っているようだ。しかしこういうときだからこそ、中津藩奥平家は、心を一にして、長年ご恩をこうむってきた将軍家に忠節をつくし、そのご恩に報いるべきである。

これはまさに小栗の意見を引き写したというべきだろう。

しかし諭吉がこのような以前には考えられなかった意想外の政治論を展開したのは、たんに小栗の驥尾に付したからだけではない。まさに「時務」が諭吉にこういわしめたのである。

元治元年（1864）初め、諭吉は中津帰省途上の京都で、機能麻痺に陥った幕府独裁体制に替わってはじまった参与会議（朝議によって発足。参与は一橋慶喜、松平容保、松平春嶽、山内豊信、伊達宗城、島津久光）が、すぐに空中分解したことに落胆の意を隠さなかった。ところが一年半後に、一転して、幕府専制に戻るのがいいのだ、と公言するのだ。

これを政局がらみでいうと、諭吉は変節したかに見える。しかし諭吉の大眼目は「開国」と「文明開化」にある。開国の最大の障害で、「攘夷」の論拠となっていた「違勅」と攘夷派の元凶「長州」がともに時を同じくして「消滅」したのだ。

開国派は幕府内でも、朝廷内でも、国内諸藩でも「勝利」したというのだから、諭吉の大眼目でいえば、変節、節を変えたではなく、節を守ったというべきなのである。こう諭吉は自分になんども言い聞かせてみる。ところが心が少しも平らかにならないのだ。しっかりと心に刻みつけられた竜馬の言葉が、何度も何度も潮のように寄せ返してくるからだった。

諭吉が中津藩へ建白書を提出する一年前のことだ。由吉が久方ぶりに上州から姿を現した。松木弘安が下奈良村から江戸に戻って以来のことである。

「大変な人が福沢村のわたしのところを訪ねてこられました。」

挨拶もそこそこに、まず由吉がきりだす。言葉とはべつに、とくに驚いたというふうではない。むしろ喜んでいる。

上州の由吉のところまで足を伸ばすとしたら、まず諭吉の頭に思い浮かぶのは薩摩の弘安と五代才助である。松木はまだ江戸だし、五代は長崎のはずだ。二人とも失地回復にいくら時間があっても足りないだろう。上州くんだりまで日を費やす余裕などあろうはずもない。

「土州の坂本さんじゃないだろうね。」

諭吉には坂本竜馬の名しか浮かんでこなかった。

「ええ、その坂本さんです。なんでも神戸の海軍操練所の廃止が決まったそうで、土州藩庁から出た帰藩命令を無視したため、再び脱藩者になり、隠密行動中だということです。

江戸で知り合いもあり、尋ねなければならない先もあるということですが、まずは先生にお会いしたいということなので、わたしが出向いてまいりました。」

六月に大坂で竜馬とあったときから、政治情勢はさらに急展開しつつある。

長州を先頭とした攘夷勢力がいっせいに後退、衰退しつつあることは誰の目にも明らかだった。

土佐の攘夷派である勤皇党は帰藩命令で完全に動きを封じられてしまっている。

その政局変動のまっただ中で翻弄されたのが、開国派の勝海舟の神戸海軍操練所である。勝の私塾である海軍塾が攘夷派浪士を養ったという咎で、勝は軍艦奉行の職を解かれ、江戸に召還され、蟄居の上処断を待つ身になったということは諭吉も聞き及んでいる。勝も竜馬も、そして神戸海軍操練所も、池田屋騒動や禁門の大乱における攘夷派掃討の側杖を食う形になったのだ。

由吉が尋ねてきた二日後である。

両国橋を渡ってすぐ、横網町の町屋で竜馬が滞留しているという。

諭吉は船を雇い大川をまっすぐ上ってゆく。寒がりの諭吉である。川風の冷たさがよほど身にしみる。

船から降り、指定された町屋に着き、部屋に通されると、竜馬が待っていた。由吉は、すでに隅でひっそりとかしこまっている。

「坂本さん、京大坂は大変なことだったでしょう。江戸へは特別なご用件でも。」

「いえね、京を追い払われてしまったので、落ちてくる羽目に陥りました。このたびは一橋さんえらく強気のようですな。参与会議をつぶしたのも、このお方でしょう。」

参与会議に期待するところのあった諭吉は、その解散を知ったとき、天皇の意をくむ形で横浜鎖港を提案した一橋慶喜（将軍後見職）にひどく腹を立てたのだった。島津久光も、伊達宗城、山内容堂そして松平春嶽も席を蹴るようにして京を引き上げてしまうことになる。

「一橋さんの策略は、長州を暴発させていっきょに攘夷派を葬るように見えますが、その背後にいるのは外国勢でしょう。さきに薩摩、続いて長州砲撃、そしてこのたびは兵庫に各国艦隊を勢揃いさせました。」

「結果としては、開国違勅状態が解け、全面開国に道が開けたことになりましたね。」

議論に熱が帯びはじめる。竜馬はまっすぐ要所を衝く。

「全面開国でしょうか。幕府独占の、各藩にはあいもかわらぬ鎖港を強いる幕府のための幕府による開国でしょう。これで他藩はおさまりますか。」

「とはいえ、各藩ばらばらで、その開国熱にも明らかに温度差がありますね。外国に乗じられずに事を処そうとすれば、強力な統一政府が必要でしょう。公儀が良いとか悪いとかでなく、当面は大公儀しかないでしょう。」

諭吉は竜馬に丸裸にされてゆきそうな雲行きになる気がするが、仕方がない。それに竜馬がはっきり「公儀」を「幕府」と言い換えている。

「福沢さんのいう統一政府が幕府しかないとして、その幕府に、幕閣に統一的な言動を貫く政治力ある人がいればのことでしょう。およそ朝令暮改を当然としている人たちで席が占められていませんか。本気で開国を望んでいる人がどれほどいるでしょう。」

諭吉は名前をあげてみる。慶喜、小栗忠順、勝海舟……。ただしこの三人は三様で、実際は水と油である。同じ船に乗ることはできないだろう。

「強力なリーダーなら一橋公、有能な幕閣に小栗さんというところでしょうか。」

今日の竜馬はいささか辛辣である。理由ははっきりしている。

「その一橋が勝先生を切って、海軍操練所を没にした張本人でしょう。将軍独裁をはかるというのがその本音でしょう。小栗さんはフランスの力で幕府の軍制改革と軍事力増強を図っていますね。すでにかなりフランスに乗じられているのは見てのとおりでしょう。」

「英国も仏国も日本を侵略し、占領しようという意図は持っていないというのがわたしの判断です。これは間違っているでしょうか。」

「問題は、侵略の意図があるかどうかではなく、侵略されると気がついたときはすでに遅きに失するということです。そうはならなくても、このまま進めばまちがいなく、幕府がフランスをたより、薩はイギリスをというように、わが国が外国勢力の草刈り場になります。樺太に軍を進めたロシアは先年対馬を占領した。幕府はイギリス軍の手を借りてようやくロシア軍を撤退させえたにすぎません。自軍ではなく、外国に、それもその軍に自国を依存しようとするのは明らかな亡国の道です。幕府は確実にこの道を歩んでいます。」

「たしかに可能性からいえば、坂本さんのいわれるとおりかもしれません。しかし公儀がわが国全体を一括する権力(パワー)をもっていればこそ、外国も容易に手を出すことができないのです。それに公儀に代わる強力な政府は当面見込めないのではないでしょうか。」

竜馬はここで沈黙する。諭吉は竜馬を沈黙させたが、むしろ雪隠詰にあっているのは自分のほうにちがいないという気分をどうしても払拭することができなかった。

諭吉は、すでに中津藩に建白書を出している。その建白書が竜馬によっていまここで丸裸にされ、葬り去られつつあると切実に感じざるをえないのだ。

事件簿4

「長州再征に関する建白書」の巻

1　江戸密行の竜馬

「わたしは行かねばならないところがある。ここでお別れだ。」

　神戸村を追われた海軍塾の仲間で帰藩しなかった面々は、勝の斡旋でいったんは大坂の薩摩屋敷にかくまわれ、それぞれ各所に落ち延びていった。ほとんどは西をめざしたが、竜馬だけはひとり江戸に向かった。勝海舟には軍艦奉行の罷免だけでなく、切腹もありうるという痛切な話を薩摩屋敷で聞いたからだ。

　勝が日本海軍の足がかりをとりつけた海軍操練所を台無しにした直接の原因は、竜馬が塾生に脱藩者たちを誘い集めたことにあった。彼らのなかに攘夷派がいた。そこから池田屋事件や禁門の大乱等で攘夷派に与して暴発したものが出たのである。竜馬は勝が攘夷派を養っていたという咎で免職なるだろうとは予測できたが、死罪になるとは想像だにしていなかった。一目でも先生に会いたい、ただそれだけの一念でひとり江戸に向かったのである。

攘夷派浪士の詮議がきびしい。それにどこに刺客が潜んでいるやもしれない。江戸へは東海道をではなく、用心をするに越したことはないという思いから、枝道伝いに歩を進め、ようやく甲州街道をたどって内藤新宿のほぼ半里手前までたどりついたときである。

江戸がまぢかいということもあって、この日は夜通し歩いてきたのだ。夜が明けきる寸前であった。三人の刺客が突然襲ってきた。正確には三人の男が闇から忽然と姿を現したのを見透かしただけにすぎなかったが、竜馬はとっさに逃げ出していた。追う足音が聞こえたが、竜馬の足は速い。すぐに振り切った。

大坂からは、つねに未明立ち、夜は宿を一歩も出ないという警戒心を持してきたつもりだ。しかし海軍塾で勝に抜擢され、塾頭になって以来、竜馬はちょっとした有名人になってきている。味方よりもむしろ敵たちにその名や姿が知られるようになっている。

もし竜馬を狙うというなら、思い当たるのは、土佐藩士、幕吏、それに攘夷派、新選組というところだが、竜馬を狙った三人はどのグループなのか見当もつかない。竜馬が進む新宿方面から、迷うことなく竜馬に向かって姿を現わしたのである。竜馬の行動は探索網にキャッチされたとみなければならない。殺気はかなり遠くの竜馬にも伝わってきたのだから、執拗かつ的確に狙われていることだけははっきりした。

蛤御門の大乱で桂小五郎が姿を消し、刺客の襲撃を恐れて長州に戻っていないと聞いている。その桂から、長州の高杉晋作が攘夷派の刺客で人斬りの神代直人に狙われたとき、九州、四国中を逃げ回ったくだりを聞かされている。刺客のなかにはそれほどに執拗な者がおり、自分を襲った三人もそんな刺客のプロにちがいないと直感できた。

竜馬は内藤新宿の手前で追跡の手を逃れたとき、そのまま江戸に潜入することをやめ、道を北にとった。日光裏街道をたどって館林城下の手前で左に道をとり、人気のない利根川縁をたどってようやく福沢村にたどり着いた。江戸から二十里あまり、途中で一泊したが尋ねたずねの逃避行でさすがに疲れた。それに由吉の家を探し当てるのに手間取ってしまった。渡し船をやっているといえばすぐにわかるはずだったが、むしろそのことで手間取った。

船頭だから利根川縁に近いほうからと、牛沢を訪ね、富沢を求め、ようやく福沢にたどり着いた。いずれも沼沢の中に浮いているような僻村である。ところが福沢は利根川畔からかなり内陸に入っている。渡し守の居住する場所には不釣り合いのように思えるだろう。だが暴れ坂東太郎と異名をとる利根川はしばしば氾濫する。年に数度という甚大な水害を避けることができるぎりぎりの地点が福沢で、湾曲する石田川を伝って本流の利根川にゆったりと船を滑り込ますことができる絶好の起点、船着き場なのである。

由吉は家にいた。竜馬が門口に立っているのにさほど驚きの表情も見せず招じ入れる。

「まずは一眠りさせてほしい。」

ゆっくりしてはいられない竜馬は、一刻ほど眠り、十分腹を満たしたその夜半、由吉の案内で福沢村をあとに江戸へ向かおうと利根川の渡し場に向かった。石田川を下るあいだはなにごともなかった。船をいったん利根川縁に近づけた。乗り換えるためだ。

月の明るい夜だった。そこだけススキが刈り取られた形の渡し場にぼんやりとだが人影がある。すぐに新宿手前で追いかけてきた三人だと竜馬には直感できたが、このたびは逃げてもムダだとさとったかのように、歩みをやめない。三人のそばに土地の下っぴきのような男が控えている。

「坂本あるいは才谷さんだね。お命、いただきたい。」

少しも気負っていない。刺客といっても、攘夷派のテロリストではなく、金で雇われたプロのように思えた。

「それは穏やかではないね。命を狙われる理由なんぞはないが。」

「すでに前渡しの金はもらって使ってしまった。あとの半金がほしい。問答無用というわけだ。」

由吉が竜馬の袖をそっと引き、一歩前に出て三人に対峙する形になる。下っぴきはすでに姿を消していた。

「まずはお前さんというわけだね。それでは。」

といって一人が静かに刀の柄に手をやる。落ち着いている。よほど腕に自信があるらしい。

しかし竜馬は由吉の剣の腕をすでに承知しているから、負けるなどとは思えない。それに相手は三人同時ではなく、一対一の闘いを求めているのだ。

「殺しちゃいけないよ。」

と竜馬が静かに声をかける。

由吉は刀を抜く素振りも見せずにさっさと相手の剣の間合いのなかに踏み込んでゆく。相手は中段から由吉の広い胸元をめがけて突きを伸ばした。切っ先が届いたかに見える。だがすっと地面にうつぶせになったように見えて、由吉の腰から離れた居合の切っ先が相手の踏み込んだ脚を浅く払っていた。腱を切られたようで、この男二度と剣を構えることはできまい。

二人目は背はさほど高くないが、これも中段に構えて注意深く由吉ににじり寄ってくる。

「いまの居合は見事だった。だが腰を一度離れた刀は血を十分吸ってしまって力を失った。どう出ますかな。」

仲間の一人が倒されたのを目の当たりにしても動ずる気配はない。

由吉はいったん後退する素振りを見せたが、すっと身を立て直すと刀身を返し地に立てるように構えて相手を待った。相手が間合いに飛び込むと同時に、勝負は一瞬にして決まった。相手が鋭いかけ声とともに一歩踏み込み、迅速に刀を横になぎ払おうとしたとき、すでに由吉の剣の先が地から跳ね上がるようにして相手の顎先を切り割っていたのである。鮮血がほとばしり出る。顎を両手で押さえなければ出血多量でおだぶつだろう。

竜馬の目には、三人目がいちばん腕が落ちるように見える。当たっていた。体当たりを食らわすような勢いで一直線に由吉めがけて剣を伸ばしてくる。由吉はわずかに体を開いて相手をよろめかせ、刃身を返しざま膝に軽い打撃を与えた。そのまま男は倒れて動かない。否、恐怖のため動けないらしい。

一人は脚を、一人は顎を布で押さえたまま呆然と由吉をみつめている。竜馬のことなど眼中にないらしい。竜馬はといえば、ほっとため息をつく。

「お前さんたち、幸運だったね。わたしがいなけりゃ、この人、確実に君たちを後腐れのないように処断していたはずだ。」

用心深く福沢村まできたかいがあった。一人ならやられていたかもしれない。いやきっとやられていただろう。そう竜馬には思えた。

竜馬は由吉の船で利根川を渡り、その足でまっすぐ江戸に向かって諭吉と密会した。

諭吉は由吉に勝の屋敷を探らせた。

「謹慎というより閉門に近い形で、本所の勝の屋敷のまわりに四六時中監視の目が四方八方に張り巡らされていて、近づくのさえむずかしい。」

と報告を受けた諭吉は、誰であれ勝との接触がわずかでも露呈すれば、すぐさま勝の切腹につながると判断し、残念だろうがこのたびは江戸を即刻離れることを竜馬に勧めた。竜馬は「友」の忠告をすなおに受け容れたが、このとき、おのれを政治世界の波頭に押し出してくれた「師」に生きて再び会うことはかなわなくなるとは、夢にも思っていなかった。

その竜馬を案内と用心棒の役をかねた由吉が先導する。諭吉の命である。

坂本竜馬が大坂から姿を消して再び京に戻ってくるまで、六ヶ月を要した。そのかん竜馬がどこでどのような活動をしていたかはほとんど知られていない。ただ竜馬の消息を知るものが二人いた。その一人である福沢由吉も一月あまり竜馬と行をともにして、元治二年（1865）一月には福沢村に戻っている。

由吉が諭吉に報告したところによると、竜馬はまず越前福井に三岡八郎（のちの由利公正）を訪ね、山陰路に足を伸ばして但馬で逃避行を続ける桂小五郎（のちの木戸孝允）と接触し、密談したとのことであった。

「先生とはもういちど議論出来る機会を持ちたい。」

というのが竜馬さんからの言伝です。

時局は諭吉が予測しかつ期待したような幕府独裁体制の方向には向かわなかった。

もっとも甚だしかったのは、幕府に無条件降伏した長州である。幕府側との講和が結ばれつつあったまさにそのときに、高杉を先頭に奇兵隊がひそかに挙兵したのだ。講和が整って長征軍が長州国境から姿を消すやいなや、高杉たちが幕府恭順の政権を武力で倒し、桂をニューリーダーとする反幕新政権を樹立する。

もっとも決定的だったのは反幕・倒幕の薩長連合が成立したことである。

諭吉がのちのち知ったことだが、竜馬は、諭吉のもとから姿を消してからおよそ半年後、慶応元年(1865)五月に薩摩に入り、西郷の密命を受けて長州で桂小五郎と面談し、こじれにこじれた薩長間にわたりをつけ、慶応二年(1866)一月なかば、薩長同盟(密約仲介)に成功している。神速とでもいうべき手腕である。歴史の波頭に竜馬が姿を現した瞬間であった。

幕府は前年五月に発令した第二次長州征伐を、一年後の慶応二年六月ようやく開始にこぎ着ける。だが寄り合い所帯の長征軍は初戦から戦意が上がらず、戦果に乏しく、将軍家茂の逝去で躓き、七月末日、総指揮をとる老中小笠原長行(ながみち)以下戦目付が小倉城を棄てたのだ。炎に包まれて城が陥落するに及んで、長征軍の敗北は決定的になった。

このかん慶喜は次期将軍宣下を引きのばし、将軍死去を理由に勅命をえて、ようやく長州との休戦協定締結に漕ぎつけることができたのが、九月二日である。

慶喜は十二月五日に将軍職に就いたが、追い打ちをかけるように徳川びいきだった孝明天皇が十二月二十五日に崩御された。慶喜にとっては掌中の玉を失ったも同然で、徳川政権にとってはこれ以上の政治的痛手はなかっただろう。

諭吉が、開国を果敢に推し進めることができるのは幕府をおいて他にないと書き記した一年後に、幕府連合軍が長州一国に敗退した。諭吉の目算違いであった。しかも幕府軍を指揮した老中の小笠原長行が、将軍家茂の死去を知るや戦意喪失して小倉城を打ち棄て、われ先にと大坂に逃げ帰ったというのだから、なにをかいわんやであった。だが、この幕府権威失墜以前に、諭吉はさらに重大な政治的誤算を犯していたのである。

諭吉が「長州再征に関する建白書」を執筆したのは、慶応二年（1866）六月、第二次長征軍が戦闘開始してまもなくである。

諭吉が政治それも戦争に強く関与する建白書を幕府に書いて提出したなんて考えられない、と思ってはならない。諭吉はすでにして幕臣なのである。中津藩に対してだったが、すでに建白書を出した経験をもっている。

それに幕府に建白書を書くことを強く勧めたのが、軍艦並奉行に返り咲いた木村善毅で、木村が諭吉に咸臨丸で渡米のチャンスを与えてくれた幕府要人で、住まいも近いし気心も知れた仲である。上司で、恩人で、腹心の友という間柄だ。その木村が勧めたのだ。

「家茂公の健康状態がはかばかしくない。それに長征軍の戦意がまったくあがっていない。このままだと膠着状態が続き、戦いは長引くことになるやもしれない。非常時なのです。中津藩への建白書と同趣の意見を福沢くんのほうから閥閣に出してみてはいかがでしょう。わたしが仲介の労をとります。」

途方もないことを押しつけられたように感じながらも、親愛する木村さんのたっての頼みである。むげには断れない。

「正直いって、わたしにはいささか荷が重すぎます。他に適任者がいないわけでもないでしょう。」

「他の人は他の人として、内密ながら勘定奉行に復帰した小栗上野介殿のお勧めでもあります。またこのたびの戦いは開国を進める政治の大道、大正義の戦いでもあるわけです。むしろ学者でもあるあなたの中立公正な言葉が人を動かすのではないでしょうか。」

「ええ、そうですね。……ようやく懸案の『西洋事情』を書きあげることができて、時間的余裕がないわけじゃありません。」

「それは上首尾じゃありませんか。おめでたいことです。文明開化の道を存分に盛り込んだ建白書になるじゃありませんか。それにあなたの進めてきた英国留学生の件も、この建白書が功を奏すると、いっそう円滑にゆくんじゃありませんか。」

この木村というひと、おのれを強く主張するのは苦手だが、静かに人を説得するのに巧みである。もちろん好餌で誘うという駆け引きも辞さない。諭吉はあれこれと理由をつけて断ろうとしたが、最後は塾生の留学という好餌を前にして、やんわりと押し切られてしまった。

だが承知したものの、木村摂津のいうとおり、緒戦ではやくも幕府連合軍の雲ゆきが危うくなっていた。薩摩がまったく動かない。長州は侍だけでなく町人百姓をはじめ藩をあげての総力戦で臨んで、意気軒昂なのである。

対して、諸藩から出動した連合軍内には戦闘開始前から厭戦気分が充満している。七月十八日、安芸広島、備前岡山、阿波徳島の藩主が長征に理あらずの意を上奏している。

そんななかに出されたのが諭吉の建白書である。一見して、悲壮な調子を帯びている。

〈長賊の尊王攘夷は口実にすぎない。下関の一敗以来、しきりに外国人に近づき、外国に学生の密航を企て、下関に外国の姦商を呼び寄せ、密貿易をし、武器等も多数買い込むというように、国禁を犯している。これを懲罰するのは、世界に広く長賊の悪行を知らしめる大義にほかならない。ところが今回の長州征伐は、緒戦で躓いている。戦いは勝てば官軍である。もし停戦などということになれば、公儀の権威失墜は決定的になる。なにがなんでも長州を徹底的に叩き、屈服させ、取り潰し、その非を広く海外にまで知らしめなければならない。そのためには諸外国の金を、軍の力を借りることをためらってはならない。……〉（要約）

建白書はイギリスの国債まで例に引いて幕府に借金を勧めている。

ただし諭吉がこの建白書を書き上げたのは八月だが、小倉から敗走し大坂にいた老中小笠原に提出されたのは、九月六日で、すでに停戦協定が結ばれたあとであった。

しかもこの停戦交渉に当たったのが、五月末に軍艦奉行に復帰し、一橋慶喜の密命を受けた勝海舟である。

さらに皮肉なことに諭吉の建白書は、七月に軍艦奉行並に再任された木村善毅の手を通して出されたことだ。提出が遅れたのは木村の大坂入りが遅れたせいでもあるが、木村の状況判断も加わっていたと見るべきだろう。

諭吉の建白書の主張は、さきに中津藩に出された建白書の延長にあり、さきの建白書と同じように小栗忠順の主張と瓜二つである。建白書で、

「外国（フランス）の兵に頼ってでも防長二州を一揉みに取り潰してほしい」

とまで諭吉は極論したのだ。

建白書を書きあげても、提出を決断するまで、出してからも、諭吉には竜馬のこんな声が聞こえてきてしかたがない。

「福沢さん、幕府が強固で統一的な政府を作るなんてのは、圧倒的な力があってのことでしょう。しかしそれがないことが今回の幕長戦争で判明したんじゃないですか。だからこそ外国の力を借りなければならないというのでしょうが、外国の力を借りなければ長州一国さえ屈服させることができない政府などには、外国の傀儡になり果る運命しか残っていないのではないでしょうか。そもそも外国は幕府を侮りきっているでしょう。

この日本で、開国による文明開化の道は、外国に屈服した政府のもとで推し進めるほかにないのでしょうか。もっと別な道があるんじゃないでしょうか。ありますよ。きっと。……、それを見出

すのが文明開化論者福沢さんの役目じゃないでしょうか。」

もちろん諭吉にも割り切れない思いがある。

まず柄にもなく建白書などを書かなければならなかったことだ。

中津藩に対しては、「開国の流れに乗り遅れるな」という調子で「時務」を説けばよかった。

だが今回は公儀＝徳川政府相手なのだ。中津藩に対する建白書とはちがうが、中身まで違えることはできない。

諭吉は建白書で、長州の攘夷も開国も虚言にすぎないとはいった。だが外国の手を借りなければ幕府軍が長州一国をさえ圧倒できないとは、諭吉にとってまったくの予想外であった。

建白書の提出が停戦後になったのは、意図したことではなかったが、不幸中の幸いというしかいいようがない。敗戦同様の休戦で、建白書提出の意義はなくなったも同然であった。もしかして、建白書提出の事実も消えるかもしれない。

「しかし、……しかし……」

はげしいジレンマのなかで必死にもがく諭吉がここにいる。

2 『西洋事情』の波紋

幕府が第二次長州征伐に無惨な失敗の姿をさらし、休戦という名の敗戦処理に大わらわだったころである。

　諭吉は、慶応二年（1866）十一月七日に出した手紙で、建白書の主張をもう一歩進めて、「大名同盟」論は、日本に内乱を招くだけで、「大君のモナルキ」でなければ、日本の文明開化は進まない、と記している。

　宛先は、幕府派遣のイギリス留学生のひとりとして押し込んだ弟子、福沢英之助である。ただし福沢諭吉の「弟」と名乗ったこの弟子の本名は、中津藩士和田慎次郎である。（諭吉は文明開化のためならこういう「反則」をわりと平気で犯すことができる。このとき勝海舟は長子の小鹿（ころく）をこのイギリス留学生派遣に応募させたが、不合格だった。おそらく小栗派によって握りつぶされたのだろう。勝は息子をやむなく米国へ私費留学させた。）

　手紙にある「大君」とは「将軍」以外のことではありえないから、ここでいう「君主制」（モナルキ）とは、朝廷や諸藩の上に君臨し支配する幕藩体制のことである。天皇・朝廷を棚上げし、諸藩に隷属を強いる徳川独裁政体の構築こそが文明開化を進める大道だというのだから、諭吉はついに幕藩体制の擁護者になりはてた、ゆくところまでいったという感じがしないでもない。諭吉は惨めな結果に終わった建白書等で展開した自説にこだわり、やけになっていたのか。そんなことはない。


「おめでとうございます。」

押し戴くように分厚い刊本を諭吉から受け取って、妻の錦がいう。

濃い藍色で網目模様の地紋のついた表紙を開くと黄色の和紙の中央に大きく「西洋事情」とあり、その右に「福澤諭吉纂輯」と刻されている。

錦は大粒の涙があふれ落ちそうになっているのを必死にこらえた。

夫はすでに『華英通語』という辞書を刊行しているとはいっても、その表紙には夫の名が記されてはいない。錦は三十三歳のわが夫が最初に上木した記念すべき書籍をいま手にしているのだ。

慶応二年十月、諭吉は待望久しかった『西洋事情』（初編ただし初版本には初編の文字はない）三巻を刊行する。すぐに木村善毅のところへたずさえていった。

刷り上がったばかりの真新しい和紙木版刷りの三巻を手にして、木村も
「おめでとう。ご苦労がようよう実りましたね。」

といって、ゆっくり頁をめくってゆく。木村は、物書きを自任しているだけあって、じつに感慨深いというか感嘆極まりないというほどの表情をしているが、そこには羨望が入り交じっているのを隠せない。

「建白書では、わたしの手落ちで、大変な努力を無駄にしてしまって申し訳ないことをしました。ただしこのたびの停戦が大公儀衰退のはじまりだなどと調子よく吐く者もいるかと聞くが、あなたもご承知と思うが、そんなことには毛頭なりません。むろん一橋公は意気軒昂そのものです。」

諭吉は深くうなずいた。まさに同感なのである。

「むしろ提出を遅らせていただいて、心中少なからずほっとしています。

またこのたびのイギリス留学生の件では、小栗上野介殿ともども、大いにお力添えいただき、おかげさまで滞りなく弟を出発させることができました。また今度のわたしの渡米に際しても何かとご面倒をかけるやも知れません。よろしくお願いします。」

「この本、多くの人が競って求めるのじゃないでしょうか。小栗様はもちろん一橋公にも献上お忘れなきよう、お願いしておきます。」

遣欧使節の随員としてヨーロッパ諸国を見聞してから四年、諭吉の物書きとしての本格デビューである。数年前から草稿の写しが広く流布し、刊行待望の声が各所からあがっていた。また「開国」が勅許をえて「国論」となったこともあって、刊行を妨害する攘夷派のテロや公儀検閲の目を恐れる必要もなくなった。

この年、数ヶ月をかけようやく定稿にこぎつけることができた『西洋事情』は、諭吉オリジナルの著書というより、表紙に「纂輯（さんしゅう）」とあるように、翻訳をもとにした西洋文明の紹介本という体裁をとっている。しかし諭吉独特の読みやすい文章で書かれたこの本は、わが国で最初に西欧文明社会を克明かつ達意に紹介した、文字通りの啓蒙書である。諭吉が長州掃討の建白書を幕府へ提出することができたのも、この本を書いた自信が裏付けになっている。

諭吉が二度目のアメリカ渡航中のため直に知ることはできなかったが、『西洋事情』は爆発的な売れ行きを示した。初編三巻はそろいで金三分の値である。四分が一両、初編だけで十五万部以上売れたというのだから、諭吉の予想をはるかに超えた売り部数だけでなく、売上高だけで十一万二千五百両になる。もちろん版元が過半を受け取ることになるが、ある試算によれば福沢の懐に入った実高は一万七千五百両になるということだ。当時の幕府高官の役職給与の最高額は老中の一万両だから、その大きさの程がわかる。

かくして諭吉は再渡米後、真偽のほどはわからないが、貧乏とはおさらばして、著述活動でガンガン稼ぎまくり、まさにいっきょに高額所得者になって「学商」と誹られるようになるという次第だ。

この年の春なかばころである。諭吉は薩長のあいだに軍事同盟の密約がなったという噂を漏れ聞いている。その仕掛け人が竜馬であると聞いたとき、少しも不思議に思えなかったのは、やはり竜馬となんどか会い、議論を戦わせていたせいだろう。

第二次長征が失敗したのは、長州を薩摩が裏で支えていたからに違いないということは、赤子にも了解できることである。もっとも幕府はあらかじめ薩摩の妨害を取り除く断固たる用意を怠っていたのだから、安易にすぎる長征であったのだ。

だが長征の失敗によっても、薩長が幕府に取って代わる中央政府の中心になりうるなどとは、諭吉にはどうしても思えない。おそらく当の薩摩も思うことはできなかっただろう。

「薩長連合は『大名同盟』の偏奇にすぎない。しかも政治実績のない新奇以上のものではありえない。」

これが諭吉の結論である。

竜馬は「薩長連合」になにか特別のものを期待しているだろうが、泡泡しいだけのものにすぎない。権謀術策の二国である。相手だけでなく身内どうしをも信頼できず、安定した中心のある形を持つものにはなりえない。そう諭吉には断じる他はないのである。

たしかに、諭吉が幕府に提出した建白書は、「時局」を読み間違った。その上、提出が遅れ、それを受けた老中小笠原も読む余裕などなかったろうし、読んだとしても小笠原には今回の「敗戦」で責任をとって免職の運命が待っている。つまりは建白書はムダになった。この点で忸怩たるものが残る。

しかし時局の読み間違いは、戦況の読み間違いを意味したのではない。「戦況不利」はもとより諭吉の承知するところであったのだ。

幕府連合軍の根本欠陥は、長いあいだ平和ぼけに浸っていた寄り合い所帯だった点にある。対して長州国人は国家の存亡をかけて戦っただけではなく、この間、何度も戦火の中をくぐり抜け、戦い慣れしている。しかも高杉晋作や桂が起用した大村益次郎の指導で軍制改革を成功させ、近代洋式戦で挑んできた。いってみれば文明開化に一歩先んじた軍事力である。

一方、将軍を失った上に、「敗戦」の汚名を被った幕府に目を向けるとどうだろう。

木村善毅が断じるように、幕府は衰退に向かっているのではない。逆なのだ。

「大公儀には絶対的な切り札が残っている。これまでは徳川政権といっても、譜代の殿様から選ばれる老中の合議制だった。しかもお上といえばここ二代続きで体調に問題があり、つねに後継者問題を抱えて不安定な状態のままできた。」

木村善毅が苦虫をかみ殺すような表情で続ける。

「それに老中をはじめとする閣僚は外国勢に先手をとられっぱなしで、対応に右往左往するばかりだった。それを攘夷派につけ込まれ、押し込まれ続ける結果になった。

ところが外国勢が、薩摩と長州の攘夷派を爆撃した。返す刀で兵庫沖に戦艦を並べて朝廷を震え上がらせた。結果、公儀は懸案の通商条約の勅許をえることができたのである。この局面は、全部一橋公が指した手によるもので、まさに一石二鳥というか、一石三鳥の手ではあるでしょう。」

対する諭吉は、渡米以来のつきあいとなっている木村の前だと、おのずと口が軽くなる。

「一橋公の政略はすごいの一語に尽きる。比べると薩長などは赤子のように思えます。

ただし京での参与会議にはいささか期待していましたが、どうも目測違いでした。いちおう朝廷や島津久光公の面目を立てた形で会議を開きましたが、一橋公は横浜鎖港を主張して譲らず、会議を空中分解させて、公儀以外の意志決定の場というか政府形態が無力なることを強く印象づけましたね。」

再度念を押すように木村が結論づける。

「このたびの停戦も、だから、烏合の衆である長征連合軍の敗退には違いないが、公儀の敗北でも、ましてや後方で指揮を執った一橋公の失敗では断じてない。

　こういう言い方をしては不謹慎だが、家茂公の死去が停戦の引き金になったわけで、幕閣では直接指揮を執った小笠原壱岐守一人が責任をとらされ老中を免職となっただけでしょう。一橋公が公方様を引き受ければ、壱岐守はもともと公の息のかかった人で、すぐに復帰しますよ。

　つまり一橋公は自分はもとより自分のまわりを固める閣僚たちの血を一滴も流すことなく、吉宗公でさええることのなかった専断権ある公方職を手中にしたことになります。徳川家の家督は継ぐが公方職は辞退したいと大芝居を打っているのはその仕上げです。」

　同意を示すように深くうなずいて、

「わたしもじつに晴れ晴れとした気分で渡航できます。」

　と木村邸を辞した諭吉である。

　ところが家路に着くほんの短い間にも、開国派の慶喜、大久保忠寛、小栗忠順、永井尚志（大目付、若年寄歴任）、木村善毅、勝麟太郎、小野友五郎（勘定吟味役）のラインとはちがう、いつまでも平行状態のままの旧態依然たる幕閣、幕吏の顔がつぎつぎに浮かんでくるのをどうしても抑えることができない。

3　二回目の渡米

諭吉が往路と同じように大型客船コロラド号（四千トン）で横浜に着いたのは六月二十六日の朝である。猛暑の中を塾生たちはそろって品川まで迎えに行って、そろいもそろって驚かされる。駕籠から出てきた先生が、髪も髭も伸びほうだい、疲労困憊を隠しもしない様子にだ。

ほんの六ヶ月前、諭吉が塾を離れたときは元気そのままだった。

「ちょっと行ってきます。留守中はよろしく。」

とまるで飛鳥山の花見にでも行くような陽気さと気軽さだった。ところがこの変貌はどうしたことか。型どおりの塾生祝辞もそこそこに、鉄砲洲の塾宅へ向かって歩き出すさまは、糸が切れ凧に流される凧のようにたよりなげで、万事に迅速かつ快活な諭吉とはまるで別人なのである。

「男前が台無しだ。」

といつもはひょうきんな塾生のひとりがつぶやいたが、それ以上に軽口は続かない。道々、諭吉は塾生に留守中の様子をあれこれと聞いているものの、まるで冥界から舞い戻ったように声にも力がない。足取りさえ危なっかしい。

塾生たちは異口同音、

「航路はひどく荒れたのですか。」

と口に出そうとして、気がつく。コロラド号と比べると小舟同然にすぎない咸臨丸（六百二十トン）で荒天のなか太平洋を突っ切ったときも、一度も船酔いをしなかった、と常日頃自慢していた先生なのだ。

夕刻になって鉄砲洲の居宅に着いた。

二人の息子、一太郎、捨次郎の手を引く妻の錦が出迎えている。夫の変貌をまじまじとみつめる錦の目からそれでも無事に帰還したことを喜ぶ熱いものがこぼれ落ちた。

錦は塾生たちひとりひとりに遠路の迎えに対するお礼の言葉をていねいに投げかけ、一同と別れて居間に戻って、そこでも立ちすくんでいる諭吉に向き直って口を開く。いつもの声である。

「長い間ご苦労様でした。湯を沸かしてあります。それともさきに月代とお髭をあたりますか。」

「風呂にしよう。」

瞑目したままの諭吉はゆっくりと湯につかりながら、下船寸前まで飲み続けていた大量の酒が体からしみだして湯のなかにゆっくりと溶け込んでゆくような感触を覚えていた。体がどんどん軽くなり、心は澱んだままだが芯のほうがやや軽やかになってゆくように感じる。

「家はいいな。」

とつぶやいてみた。

ところが、復路、上等船室で泥酔に身も心もまかしているなかでもかすかに響きわたってきた竜馬の声が、いまここでもはっきり聞こえてくる。

「文明開化のために徳川幕府を、というのは、徳川幕府のための文明開化にすぎない。」

「あなたがなによりも大事と思う文明開化は、徳川幕府だけの文明開化になりますよ。」

「徳川幕府が文明開化したら、小栗さんが推し進めているようにフランスと手を握って、ことごとくの人々をこれまでよりもきびしく奴隷化しますよ。インド人のようにね。」

また続く。

「文明開化の基本は四民平等のほかにありません。四民平等論、それが諭吉さんあなたの本論でしょう。」

半刻（一時間）ほども湯に浸っていただろうか。錦が心配してか、声をかけてくる。しかし長すぎますよとは発しない。

「薪をくべましょうか。」

「もうあがるところだ。」

ようやくというべきか、すっと言葉が口をついた。諭吉は、おのれがいま発したばかりの短い変哲もない言葉が、長いあいだ聞いたことがないほど新鮮な響きを醸し出しているのに、われながら驚いている。もういちど頭までざぶんと湯につかりながら、新しい声でおのれに向かってはっきり断言する。

「幕府のために文明開化があるんじゃない。断じて、断じて、だ。」

慶応三年（1867）一月二十三日、諭吉は、アメリカから幕府の軍艦受け取り委員の随員として、横浜港を出た。このとき諭吉の胸中にあったのは、幕府・将軍が主導する文明開化をおのれも加わって加速化するのだ、という輝かしい前途に対する希望である。再渡米は諭吉の新しい船出としてもっとふさわしいものに思えた。

この使節は、すでに前渡し金を支払っている軍艦を引き取って来るという任務を帯びた、十人ほどの小さな一行である。委員長は小野友五郎（勘定吟味役）で咸臨丸では筆頭測量方（航海長）をつとめた、諭吉も旧知のベテラン重役である。しかも親仏開明派で、フランスとの提携を強力に推し進めていた幕府有力者のひとりでもあった。

諭吉は第一回の渡米、先の渡欧と同じように、なんとしても一行に加わろうとして、咸臨丸で渡米した周知の小野をたよったのだ。諭吉は「会計」全般を引き受けるという約束でしぶる小野を承諾させ、ようやく一行に潜り込むことができたのである。この渡米で小野は諭吉の助人というか「恩人」に違いなかった。

往きの船旅は、咸臨丸のときと比べ、まさに極楽である。同室の二人の通詞、津田仙弥（津田梅子の父）と尺振八（せき）と話に花を咲かせて、三週間でサンフランシスコに到着した。

「福沢さん、約束通りあなたの働きを期待していますよ。」

出発前に小野は噛んで含めるようにいったものだ。その「約束」通りのことが起こった。

諭吉以外にはまったく不慣れな為替の手続きなどのほかに、持ち込む大量の荷物のチェックや、その積み込みに立ち会うなども含めて、諭吉ひとりの肩に会計本務も、雑務一般もあわせてのしかかってきたのである。

諭吉は万事に熱心でかつ仕事ぶりも迅速だ。それに乗船直前まで、会計・雑務を何とかこなしながら、八方手を尽くして個人的に集められるだけの金二千両、それに常々つきあいのあった仙台藩から二千五百両、紀州藩からも五百両というように預け入れて、およそ合計五千両を工面したのである。文明開化を促進する武器ともなる洋書購買のためにだ。これが二度目の渡米にどうしても潜り込まなければと念じた最大の目的であった。

ところが、小野や副委員長の松本寿太夫（開成所頭取）などの上役は、雑事も難事も諭吉に任せっきりで、おのれたちの手をほとんど煩わさずに、お客様然としていたのである。とはいえワシントンに着いて、アメリカ政府と本交渉にはいるまではまだよかった。

サンフランシスコからパナマに船で渡り、パナマの山峡を鉄道で横断し、再び船に乗ってニューヨークに着き、鉄道でワシントンに移動する。一行は、三月二十八日、国務長官に面会してようやく軍艦受け取り交渉に入ることができた。受け取り交渉で最難関と思われた、幕府が前駐日総領事に前渡した金の確認は予想外にすみやかに決着がつき、代価三十万ドルの軍艦を購入決定したのが四月四日である。ここまでは迅速というべき諭吉の手腕だろう。

ところが諭吉が引き受けた会計業務のひとつである為替換金のほうがスムーズにゆかなかった。

原因は、三組がセットの為替のうち、別便で送った一組が、交渉団がニューヨークに着いたとき、まだ届いていなかったことにある。不揃い為替により換金不能に陥ったのだ。

諭吉は方々手を尽くしてようよう換金に成功することができたが、この不手際を小野たちはさんざん言い立てた。

ところが悪いことはつづくもので、この混乱に乗じて、諭吉がサンフランシスコで雇い入れを進言したイギリス人が、五百ドルを持ち逃げするという事件が重なった。小野たちの諭吉に対する非難は倍加する。

諭吉のほうも穏やかでない。為替が届かなかったことで、諭吉を咎める資格のある者はいないのだ。それに諭吉や尺が、手形の換金や税関での荷物の受け渡しに奔走しているときも、小野たちは荷の到着が遅い、金の換金はまだかと非をならすだけで、自分たちは宿で酒を食らって殿様気分に浸っている。

「こんな奴らは許せない。」

こういう気分が高じてくるのを、諭吉は苦虫をかみつぶすように抑え続けていなければならなかった。

軍艦引き渡し交渉が無事終わった翌日である。ワシントンにニューヨークの書店がやってきた。ようやくのこと諭吉の渡米目的、洋書購入を果たす段になったのである。

終日、購入書のセレクトに余念がなかった諭吉のもとを小野が尋ねてきた。

「軍艦購入の残りで武器を調達した。ついては為替で換金した残りの官費二万ドル分を書物に替えたいが、貴殿の力添えをいただけないだろうか。」

為替の換金遅延や雇い人の五百ドル持ち逃げで、口を極めて諭吉を咎め立てた小野が、手のひらを返したように猫なで声なのである。

「洋書購入とはたいそう結構ですが、松本さんの開成所ででもお使いになるのですか。」

勘定吟味役（勘定所の監査役）というもともと節約奨励部署の長が、洋書購入を企てるなぞは、何か魂胆があるなと踏んで、「会計を引き受ける」などというような安請け合いはもうしないと心を決めていた諭吉である。

「それもあるが、基金は官費である。洋書は日本で払底している。引く手あまただ。購入したものは高く売れると踏んでいる。これは公儀に益をもたらすためのものであるから、是非、選書のご足労を願いたい。」

ここで、諭吉はカチーンと来た。いままでのこともある。堪忍袋の緒が切れたのだ。

「わたしが無理算段して金を都合してきましたのは、文明開化に資するためです。そのためならどんな苦労も厭いはしません。ただし、わたしが良い本をできるだけ安い値で、できるだけたくさん買おうというのは、利益のためじゃありません。」

小野も気色ばんで切り返す。

「私的な利のためじゃない。公儀の利を図ろうというのだ。貴殿も徳川の家臣ではないか。公儀のために働いてなんの不足があろうか。ここはぜひ引き受けてもらわなければ困る。」

小野はいつものように上からものをいいはじめた。

「結構です。ただしわたしは軍艦受け取りの会計業務を引き受けたのです。その業務は終了しました。洋書購入はわたしの役目には入っていません。洋書購入・販売で公儀の利を図るというのなら、その利に応じた手数料を支払ってほしいものです。ただし公儀が買ったままの値で売るというなら、骨折り賃はいりません。公儀が儲けるというのですから、儲けの一部をいただきたいというのは当然でしょう。」

人を選ばずにビジネス・ライクを主張するのはまずいと思ったが、商いならばギブ・アンド・テイクが当たり前だ、といわんばかりの勢いになっている。

それからは売り言葉に買い言葉である。諭吉の上役を上役とも思わない物言いに、小野はついに切れた。

「おまえが会計はまかせてほしいというから連れてきてやったのだ。その義理も忘れて、その言い分はなにごとだ。公儀のために利をはかれないというような奴はもはや無用である。もうおまえの仕事は終わった。ひとりでなりと先に帰れ。」

諭吉だって黙ってはいない。

「さんざんこき使っておきながら、用がなくなったから帰れとはどういう理屈ですか。わたしはご老中の命で派遣されてきた人間です。あなたから役目以外のことで指図される筋合いはありません。」

言葉使いはていねいだが、内容は上役としての小野の面目をすこしも認めないものになっている。かくして小野は別ルートで洋書を購入する羽目に陥った。両者は完全に決裂したのである。

渡米中における小野・松本との対立は、たんなる行き違いか、上役と下役の対立にすぎないのか。こう考えると、諭吉には思い当たる節がある。

幕臣にもいろいろなのがいる。開国を公言しながら心根から攘夷だというのは何人もいる。むしろ多数を占めるだろう。しかし少なくとも小野は開国派である。それも幕府開明派である小栗忠順ら中枢にもっとも近い。それが困難な仕事を下役に押しつけ、自分の責務をまったく放擲し、命令と責任追及だけに終始している。まさに無能と高慢を絵に描いたような役人根性である。

もっとも許せないのは、洋書購入を幕益のためとしか考えていないことだ。これはひとり小野の欠陥としてあるのではない。一事が万事だ。幕府を益し、幕力強化するために文明開化があるということの証左と受け取る以外に考えられない。

復路、諭吉の心中にいったん芽生えた「幕府による文明開化」に対する疑問は、復路三週間の船室の中で、麻のように成長し、乱れに乱れて繁茂し、いかに酒の勢いといえどもその疑問深化を麻痺させることができないほどに船室に充満したのだ。

諭吉は脱出口の見つからない迷路の中でひとり船室に居続け、飲み続けるすべしかなかった復路であった。

諭吉は、文明開化を推進する将軍慶喜、勘定奉行小栗忠順、軍艦奉行並木村善毅、勘定吟味役小野友五郎のラインに全幅の信頼を置いてきた。各々が文明開化でぴったりとつながっていると思ってきた。ところが小野が幕府を強化する道具としての文明開化論者以外ではない正体を如実にしたのである。じゃあ、慶喜は、小栗は、木村はどうなるのか。幕府の文明開化はこれからどうなるのか。それの推進役を買って出ようとした諭吉はどうすればいいのか。……

4　幕府を見かぎる

帰国後の七月初め、諭吉の予想通り、小野友五郎と松木寿太夫の連名で、福沢諭吉処罰申立書が幕閣に提出された。

一、為替の換金が遅れて日程を狂わせ、ムダに日を過ごさせたこと
一、官費による選書にあたって、手数料を要求したこと
一、私物（洋書）貨物運賃を官費で支払ったこと
一、雇人が五百ドル持ち逃げしたのを報告しなかったこと

どれも諭吉が上役である小野の命意に従わず、職務を履行せず、幕府の「利」を損ねる振る舞いにおよんだというものである。

諭吉はすぐに小野、松本の訴えは言いがかりに等しく、両名こそが職務怠慢であった非を訴える弁明書を出したが、この件をうまく収めようという算段をほとんどしなかった。どちらの言い分も手前味噌の「空論」に違いないことは、諭吉自身がいちばんよく知っていたからだ。

七月十四日、幕府は諭吉に出仕差し止め、自宅謹慎を命じた。予想外に処罰が軽かったこともあり、諭吉はこれを淡々と受け止めている。諭吉の心を占めたのは、持ち帰った書籍その他の荷物が神奈川奉行所に留め置かれた件だけであった。こちらの件は何度も木村善毅(軍艦奉行並)を通じて速やかに引き渡しになるよう、善処を訴えている。


処分があったからといって、特別になにかが変わったわけじゃない。しかも出仕無用の自宅謹慎である。自由な時間はたっぷりとれる。これを利用しない手はない。諭吉はまず二つのことに取りかかる。

幕府とは早かれ遅かれ手が切れる。いや、面倒が身に降りかからない形で、こちらから手を切らなければならない。そのためには別途収入の道を新たに探らなければならない。

一つは『西洋事情』の成功をバネにするチャンスだ。著述、出版によって私立活計の道を確立しよう。

二つは英語塾のシステムと規律を根本的に改め、独立経営が可能な方途を探ろう。

ただしこの二つはともにこの国に文明開化を根づかせるために必須な、しかも諭吉だけに可能な推進力にほかならない。生計と経営の自立が文明開化の普及拡大と実現に直結する、ようやく諭吉の「正道」が見つかった。悩みに悩んだ末に見出された道である。もうぶれたくない。ぶれる必要もない。その思いがどーんと諭吉の胸一杯に広がった。

思ったらすぐに実行が諭吉の伝法である。しかも迅速だ。否、神速というべきだろう。

手はじめに『西洋旅案内』（上下二巻）を執筆し、十月にはやばやと出版する。

三度の洋行で旅慣れした諭吉である。内容が具体的でじっさいの旅で役立つことは当然として、その筆の運びがまことに自由闊達なのだ。「大衆作家」福沢諭吉の面目躍如である。

「序」にこうある。

「論語に、朋遠方より来たることあり、また悦ばしからずやと。朋の遠方より来たるはずいぶん悦ばしくもあるけれど、ただ人の来たるを居ながら待つばかりじゃつまらない。ときどきはこちらからも遠方へと出かけたいものだ。わたしは生まれつき旅を好み、幸いにその機会を得て、万延申の年、はじめてカリホルニャに航海して、そののち文久戌の年はヨーロッパの諸国を巡業し、今年はまたワシントン、ニューヨルクへ行き、都合三度外国を旅行してきました。いろいろ珍しきことを見聞きし、その国々の人情風俗も分かって、旅の心得になろうことも少なからずある。……このち日本人が外国へ往来すること必ず多くなると思われるので、その方たちの手引きのため、飛脚船のもよう、乗船のときの心得方など、このたび見聞きしたことにかぎって書き集め、また先年ヨーロッパへ行ったとき書き留めておいた日記、そのほか原書のなかからも抜き書きし、かれこれ一冊に綴り、これを西洋旅案内と題した。もとよりこの冊子は外国のことをすこしもわきまえていない人のために綴ったもので、その意味は浅いから、かの国の書を読み、またはかの国へ渡ってものごとに明るい人には、見てもおもしろくもなく無益でしょう。わたしの本意もじつは世間にこのような博識の人が多くなって、この冊子などを見る人がなくなることこそが願うところなのです。」

自宅謹慎で鬱屈している人の手になる書とはとても思えない。この年にはさらに小冊子『條約十一国記』『西洋衣食住』を刊行している。

英語塾の抜本的改革の件では、小幡兄弟の力を頼み、かれらと相談することにした。

「きみたちを中津から連れてきてから、塾も塾生も大いに変わった。まことにありがたいことだ。しかしまだまだ目指すところからはほど遠い。根本的治療が必要だ。それできみたちの意見を聞きたいのだ。」

兄の篤次郎が目を輝かせながらすかさず応じる。

「第一に塾舎が狭くなりました。先生の『西洋事情』の評判のおかげで入塾希望者が毎日のように門を敲(たた)いてきますが、とても求めに応じるわけにはいきません。塾拡張がぜひとも必要です。」

弟の甚三郎があとを引き取る。

「塾生活の規律はよくなったというものの、以前に比べてのことで、まだまだです。とても勉学を奨励する場からはほど遠いと思います。ここは先生が常日頃語っておられるように、英国のパブリック・スクールのような方式を導入する必要があるのではないでしょうか。」

この弟、諭吉の見るところ経営の才に秀でている。

「大いに結構だ。しかし治療といっても、わたしが考えているのは外科手術である。まずはなにもかも新しいものに取り替える。きみたちがいう新塾建設と新しい学制・学則導入こそ、わたしのめざすものだ。それできみたちにまず頼みたいのは、謹慎処分で雪隠詰め状態になっているわたしに代わって、適当な建設用地を物色することだ。」

最近、中屋敷のある鉄砲洲近辺が外国人居留地として召し上げられるという計画がある、と木村善毅が諭吉に漏らしたことがある。だがこの事実を二人にはまだ伝えないことにした。もしこの中屋敷近辺が居留地になれば、否や応なく立ち退かなければならない。切迫した気持ちで用地購入を交渉するのは、まだまだ二人には無理だろうと諭吉は踏んだ。

二人の兄弟は諭吉の方にぐっと身を乗り出し、篤次郎が質す。

「新塾建設など考えてもいませんでした。そうですね、たしかここはまだ中津藩預かりの学塾のはずでしたね。藩からまったく独立する学舎になるんですか。すばらしいじゃないですか。」

篤次郎はいまでは諭吉と同じように身も心も中津藩士ではないかのような言い方をするようになっている。

「その通り、はじめて身も心も独立自立の塾になる。」

甚三郎がひきとる。

「このあたりにも空き家同然の大名屋敷があります。それに最近、殿様も家臣もどんどん本国に引き揚げているでしょう。いい物件はすぐ見つかるはずです。でも費用はどのていどご用意できるのですか。」

「その点は心配する必要はない。侍を廃業しても身を立ててゆく算段だけはしているつもりだ。」

「侍を廃業しても」という言葉が、二人の心底になによりも強く響きわたったようだ。

諭吉の居室を出て学塾に戻る短いあいだ、二人は言葉を交わさなかったが、「先生は本気に本気なのだ」という言葉をおのれたちの胸に必死に叩き込もうとしていた。


木村善毅や軍艦役中島三郎助たちの奔走もあって、諭吉の自宅謹慎は十月末に解かれた。といっても尋問とか譴責を受けたわけではない。むしろ面倒な御用向きの仕事を免除され、たっぷりと考える時間、書く時間を確保することができた。諭吉にとってはこの三ヶ月間、長期休暇をもらったようなものだ。

十月二十七日はじめて出仕した諭吉はメモ帳に、

「出殿、荷物の催促を致す。」

二十八日には、

「御殿より小野友五郎へ直に掛け合い致すべしと申し来たり、友五郎へ手紙でもって掛け合いした。」

と記す。いま諭吉の頭のなかに現にあるのは差し止められたままの荷物、とりわけ大量の書物のことだけであった。

荷物がようやく諭吉の手元に戻ることになったのは、この年も押しつまった十二月三十日のことである。米国から帰って荷物が変換されるのに半年かかった。

「こんなばかげた処置で、日本の文明開化が半年遅れになったんだぞ。」

と以前ならば怒鳴り返しているであろうおのれの姿を思い浮かべつつ、

「それでも文明開化はやってくる。」

と静かに頷いている諭吉である。

諭吉が謹慎しているあいだ、世の中がひっくり返るような大事件が起こっていた。主役が二人いる。

ひとりは慶応二年（1866）十二月に将軍職を継いだ徳川慶喜である。徳川幕府による文明開化を進め、全国を再びくまなく睥睨（へいげい）し、幕府独裁体制を再構築しようという野心をもつ男だ。直後に親幕の孝明天皇を失うという誤算はあったものの、フランスの全面援助を背景に幕政改革、軍制改革を推し進めている。

もうひとりは坂本竜馬である。幕府独走を押しとどめるべく、竜馬は土佐と芸州を薩長連合に結びつけた。かくして土佐が政治の主舞台に登場するが、竜馬は容堂公の力を借りて徳川の政権を朝廷に返上するという、大政奉還の実現をはかろうと奔走している。

帰米後、一見して、幕政にまったく無関心になった諭吉である。だが、何度も何度も自分の胸のうちで反芻を重ねなければならない。自己対話である。

「政治の分野を含まない文明開化は可能なのか？」

「不可能だ。たとえ諭吉が政治に直接関与しなくとも、政治の文明開化がなければ、ロシアのように君主独裁になる。」

「いま慶喜公を中心に推し進められている幕府の文明開化とは、ロシア流の君主独裁を意味するのか？」

「その通りだ。なによりも幕府も藩も残る。この国の大多数は非文明のままに押し込められる運命下にある。」

「ではこの国で現に可能な政治の文明開化とはどのようなものか？」

「……？　……？」

諭吉はけっして政治全般に無関心になったわけではない。政治の分野でも文明開化を実現するコースを模索している。それには、つい半年前に確信していた「幕府主導の文明開化」コースを徹底的に検証し、それに自己検証を重ね、清算しなければならない。もし、この自己検証をへずに、政治全般を否定ないし無視するならば、この国の文明開化に対する責任ある態度の取り方とはちがうものになる。これが諭吉の存念であった。

反芻する自問自答に光を見つけるためには、やはり竜馬との対話が、竜馬の言葉が必要だ。諭吉にはそう思えるのだった。

諭吉は、渡米から帰国（１８６７年）直後、まだ謹慎処分が下りる前、密かに福沢村の由吉を呼び寄せている。

由吉と最初にであってからすでに四年近くの歳月が流れようとしていた。正面に向かい合うと、由吉はあいかわらず細身だが、着衣の上からも、その鍛え上げられた見事な筋肉が透けて見えるほど、躍動感あふれている。灼熱地獄まっただ中の猛暑をちらとも寄せつけない強さを見せている。しかし常の挙動は慎ましい。放熱を消し去っている。

「坂本さんを探し出し、ぜひお会いしたい。だがわたしのほうはおそらく幕府から禁足を食らうはずだから、こちらから出向くことはできそうにない。こちらに来られる用件はないか、用件がなければご都合つき次第こちらまで来てもらえないだろうか。ぜひともお聞きしたいことがある。話を聞いてもらいたいこともある。こう伝えてほしいのだ。」

「もし時間がなくて江戸に下ることができない場合、どうしましょう。」

「この書き付けを渡してほしい。中身は露見するとずいぶんとまずいことになるから、読んでしっかり記憶してほしい。」

「そのほかに何かお渡しするものはありませんか。」

「そうそう、この『西洋事情』三冊を謹呈したい。もし読んでしまっておられたら、ご講評をいただければ幸いだ、と伝えてほしい。」

諭吉はこのたびはずっしり重い金入れを由吉に渡すことができた。

竜馬が土佐海援隊を率い、また五代才助と組んで商売をしながら、大きな仕掛けを進めているという噂を耳にしている。

「もしよろしければということだが、竜馬さんがこちらに足を伸ばすチャンスがあったなら、この金の一部を渡し、旅費の足しにしてほしい、と伝えてほしいね。」

まったくのしらふの諭吉に向かって、由吉が尋ねた。

「先生、このたびは珍しいことに飲んでおられないのですね。なにか宗旨替えでもおありですか。」

由吉が個人的な事情を問いただすなどということはまったく珍しいことだ。

「宗旨替えというほどのこともないが、日に二升、三升はやはり多すぎると思ってね。このごろはときに口にしない日もある。もっとも酒はつねに樽で蓄えてあるが。」

由吉はすぐにここから竜馬を訪ねて西に向かうという。いつもならこのまま仕事に戻る諭吉だが、めずらしく立ちあがり、門口まで由吉を送った。激しい日差しのなかである。ときに吹き抜ける海颪も冷却の用にはまったくたっていない。

だが諭吉はついに竜馬と四度目の出会いを果たすことはできなかった。

由吉がまず大坂で土佐海援隊の動向を探って知ったのは、竜馬が京にいるということだった。しかし七月末には京を離れ、おそらく海難事故の件を解決するためにであろう、長崎に向かったと聞き出すことができた。竜馬の動きは速い。

由吉は竜馬の影を追って、まず下関に竜馬の活動のキー・ストーンとなっている豪商伊藤家を訪ね、竜馬の不在を確かめた。

八月なかばようやく長崎にたどり着き、竜馬の姿を探し求めた。

だがその長崎で、由吉は竜馬を狙う刺客と間違われたのだ。

三人のれっきとした侍に呼び止められた。

「土佐の坂本じゃなか?」

訛がきつい。無視して通り過ぎようとすると、三人がいっせいに抜刀の身構えにはいった。

「おっ、由吉くんじゃないか。坂本だ。」

剣呑な事態が生じようとしたまさにその時その場に、当の竜馬が現れ、声をかけてきたのである。

狙うご当人が突然現れたものだから、あわてるように三人はその場を去らざるをえない。

このタイミング、奇遇というだけではすまされないと由吉には思えた。それに長崎では竜馬はよほどの有名人らしい。

招じ入れられたのは竜馬が長崎で常宿にしている豪商小曽根家の一室であった。すぐに冷えた蜜のかかったところてんがでる。それに口をつけずに、由吉は諭吉の伝言と、書付けにあった言葉をそのまま竜馬に伝える。

書付けには短く、

「幕府による文明開化は、これを採ることはできない。前言を撤回する。ならば政治の文明開化はいかにして可能なりや。」

とあっただけだ。

竜馬はちょっと苦虫をかみつぶしたような表情をしたが、すぐにいつもの微笑に戻り、なんの迷いもないかのように切り出した。

「いまこの長崎で焦眉に解決しなければならない難問が山積していて、とてものこと江戸にまで足を伸ばす余裕はこのところまったくない。ただし数ヶ月後ならばなんとしても出向きましょう。勝先生にもお会いしたいし。」

こう竜馬はまず江戸へはゆけないむねを語り、諭吉の書付けの言葉をなぞりながら、紙を取り出し、すらすらと書きつけ、

「これを諭吉先生に渡してください。」

と由吉に託した。

由吉がおよそ二月半の旅を終え、竜馬からの書付けを諭吉のもとに届けたときも、諭吉の謹慎はまだ解けていなかった。諭吉に託された竜馬の書付けに、表題はない。ただし竜馬特有の踊るような書体でこうあった。

一、天下の政権を朝廷に奉還せしめ、政令よろしく朝廷より出づべきである。
一、上下議政局を設け、議員を置きて万機を参賛せしめ、万機よろしく公議に決すべきである。
一、有材の公家諸侯および天下の人材を顧問に備え、官爵を賜い、よろしく従来有名無実の官を除くべきである。
一、外国の交際では広く公議を採り、新に至当の規約を立つべきである。
一、古来の律令を折衷し、新たに無窮の大典を確定すべきである。
一、海軍よろしく拡張すべきである。
一、御親兵を置き、帝都を守衛せしむべきである。
一、金銀物貨よろしく外国と平均の法を設くべきである。

以上八策は、ただいまの天下の形勢を察し、これを天下万国と比べてみると、これ以外に救国の急務があろうはずがない。いやしくもこの数策を断行すれば、皇運を挽回し、国勢を拡張し、万国と平行することも、またあえて難しくはない。

諭吉はあっと思った。幕府内でも松平春嶽や永井尚志、それに勝海舟などが主張している「大政奉還」論だからであった。

はじめて竜馬と日田であったとき、二人が一致できた議論の焦点は、幕府、朝廷、藩など必要のない統一政府による民主政治であった。

諭吉はこの「統一政府」になによりも気をとられてきた。

ところが竜馬はのちに「船中八策」で知られるようになるこの大政奉還のプランで、あたかも「朝廷」が政府の主体であるかのように書いている。

これを字義通りに読んでしまっていいのだろうか。そんなことはありえない。「朝廷」が政治に口をはさむとろくなことにはならない、というのが二人の動かし難い共通の認識であった。

したがってここで「朝廷」とは「天皇」のことである。竜馬の主張は、「一君万民」の民主政体、天皇を戴く民主政体であるほかない。この書き付けで示された大政奉還論もそれ以外であろうはずがない。

しかし、幕府も、朝廷も、藩もない、「君臨すれども支配せず」の天皇を戴く「一君万民」の民主政体とは、諭吉も『西洋事情』で紹介したイギリス政体の日本版である。当初、諭吉が思い描いていた日本の文明開化のありうべき予想図ではないか。諭吉がつい最近まで入れあげていた「幕府主導の文明開化」とは似て非なるものである。

諭吉には、まだはっきりした政治の文明開化が日本で根づく具体的な進行形を思い描くことはできない。だが突破口は開かれた、と確信できるところまできた。そう思えるのである。

由吉はいつものように部屋の隅に端座している。諭吉は由吉を促し、二人の子と妻が居る居間に誘った。すでに準備はできていた。

「由吉くん、わたくし事で長い間ご苦労をかけた。

竜馬さんのおかげで、わたしの文明開化の扉を開ける把手(とって)をようやく握ることができた思いである。ひさしぶりに爽快な気分だ。

きみのおかげだ。なにをというわけではないが、一献傾けて、祝ってほしい。」

錦が大きな徳利を抱えて来て、なみなみと大振りの湯呑み二つを満たした。

「由吉さん、だんなさまのために本当にありがとう。今日はご遠慮なくお飲みくださいませ。」

錦は、由吉を「よしきち」という。ふたりの年の差は一歳にすぎないが、お錦のほうがずっと姉さんだ。

由吉が感極まったような大声で、

「いただきます!」

と、青年特有の甲高い声で叫び、一気に飲み干したのだった。諭吉が由吉の心底からの叫びを聞いたのは、このときがはじめてである。

事件簿5

竜馬が暗殺されるの巻

1 暗殺の報

江戸城内に将軍慶喜が大政を奉還したという報が正式に入ったのは、慶応三年（1867）十月二十日のことである。この日、軍艦奉行木村善毅は日記にこう記す。

「四つ半（午前十一時）頃、監察局へ参上するよう達しがあり、奉行並一同まかり越したところ、大小監察ならびに司農（農政官）、陸軍奉行が円坐し、京都事情愕然の至り、今朝町便（町飛脚）にて伝えるところによると。

去る十三日、二条城において（公方様が）仰せられるには、昨今の宇内（天下）の形勢をご斟酌なされ、外国との交際日に盛んの時に当たり、政権二途出るようになっては、綱紀も相立ちがたくなるため、このたび御建白、朝廷へ政権お返しのむね、仰せ上げられたところ、同十五日、勅諚をもって建白のおもむき、もっともにと思し召され、聞こし召される旨、仰せ出でられたそうである。これによって一座の面々評議これあり。」

木村が城中を出たのは真夜中を過ぎていた。

諭吉は「備忘録」の十月二十一日のくだりに記す。

「昨日頃より京都本月十三日のこと相聞え、世間騒々しい。右の趣、今日表向き申し渡しになった。」

謹慎中の身である。咸臨丸以来のつきあいがある軍艦奉行木村善毅が直々に伝えてくれたのだ。

謹慎が解けて出仕したのが十月二十七日である。その間、幸いなことに江戸城中での侃々諤々の騒々しさからは時間も距離もおくことができた。

だがすでに幕府だ、朝廷だ、薩長だ、などという議論に諭吉の心はほとんど疼かなくなっている。出仕しても、諭吉の関心の中心にあるのは、神奈川奉行に差し留められたままの荷物、とりわけ書籍のことである。日本を文明開化に導く最新鋭の利器が内蔵されている、苦心算段して集めた金で買い求めた数々の洋書である。

といっても、少しく心が動くことがあった。

「大政奉還の建議を裏で演出したのは、土佐の坂本竜馬である。」

という情報が追っかけるように届いてきたときだ。一驚したが、すぐに焼却した竜馬からの書状で大政奉還の件は承知ずみである。なるほどそうか、という思いのほうが強い。

すぐに竜馬が書きなぐって由吉に託した書き付けの写しを取り出し、自宅の居室であらためてまじまじと眺めてみる。冒頭に

「一、天下の政権を朝廷に奉還せしめ、政令よろしく朝廷より出づべき事。」

とある。

……はたしてこの条文通りを、幕府専制をねらう慶喜が呑んだのだろうか。

呑み込めるはずがない。もし呑んだとしたら、この大政奉還には大仕掛けのカラクリがなければならない。

……それにしても、ぜひ聞いてみたいのは、竜馬が「大政奉還」によって、幕府の専制を防ぎうると考えるのか、ということだった。

それができないなら、竜馬の「献策」はひじょうに脇が甘く、危うい賭のように思える。

たしかに江戸城中は騒然としている。が、幕臣の面々の志気はすこしも落ちていないように見える。いまにも京へ馳せ登ろうというような猛者もいる。第二次長征の時のような沈んだ雰囲気とはまったくちがう。

むしろ慶喜を先頭に「文明開化」を強力に推し進めた結果、幕府内に開明派を中心に主戦論派が

力をぐーんと増してきている。その中心にいるのがかつての諭吉憧れの人でもあった勘定奉行小栗忠順で、幕府洋式軍制改革の立役者だ。諭吉が米から船艦引き渡しのため再度渡航したのも、小栗がしゃにむに推進する強兵策の重要な一環であると確信したればこそであった。

竜馬が裏で仕掛けた大政奉還にはさほど驚かされることはなかった。

だが、十一月の二十日過ぎ、留守宅に驚天動地の報が届いた。

「坂本竜馬が京で暗殺された！」

報じてくれたのは、浦賀奉行与力で軍艦役である中島三郎助である。中島は過日、老中稲葉に諭吉の謹慎を解くように進言してくれたのだが、竜馬暗殺は中島と不仲で通っている勝海舟から聞いたようで、だからこそその報は信用できた。

竜馬暗殺の報を聞いて諭吉が最初に感じたのは、

「竜馬は出汁に使われたのだ。」

である。

諭吉や勝海舟、それに海舟の政敵小栗忠順には可愛気がない。ところが竜馬には滴り落ちるほどの可愛気がある。その可愛さは竜馬が引き立て役、仲介者、案内役を演じているあいだは許されるだろう。だがトップランナーに躍り出たらどうなるだろう。「可愛い」ではもはやすまされない。

嫉妬の渦に取り巻かれ、引きずりおろされる。

竜馬は薩長連合、薩土連携にも中心人物として動いていた。竜馬を「鳶に油揚げをさらうやつ」と感じている連中にとっては、

「可愛さあまって憎さ百倍。殺してしまえ！」

ということになってもおかしくはない。

「竜馬を暗殺したのは新選組である。」

という風説がまず飛び込んできた。諭吉の身は江戸にある。現状把握がまったくできない。だが竜馬が暗殺されたのだ、他人事ではすまされない。諭吉は仕事に紛れるようにして平静を装っているが、またぞろテロルの恐怖に怯えなければならない機が到来したのかと思うと、居ても立ってもいられない気持ちに駆られる日々である。

十二月をまたいだすぐのことだ。一日には神奈川奉行に差し押さえられたままであった荷物が、外国奉行へ引き渡すべしという命令が下りた。木村善毅たちの斡旋で、ようやく諭吉の荷物が手元に届く手はずが正式ルートに乗ったことになる。そんなほっとしたひとときのあとに、福沢村の由吉が案内も請わないまま諭吉の居室に現れた。三ヶ月ぶりということになる。姿を見せた理由に説明はいらなかった。

「京までいってくれるか。」

と諭吉が切り出すまで、由吉はじっと押し黙ったままである。

このなにごとにも驚くふうのないクールな青年が、怒りと悲しみの表情をあらわにして諭吉の前にいる。

「どういう事情なのか、わたしにもまったく情報が伝わってこない。」

由吉がはじめて口を開いた。

「犯人は新選組なんでしょう。」

「ということをわたしもきいたが、確証はなにもないそうだ。ただこの暗殺劇で騒いでいるのは土佐海援隊の連中だけのようで、それも行き当たりばったりの様子だそうだ。連中以外は『そんなことがあったのか』といいたいほどに静かだそうだ。

思うに、竜馬暗殺は大海の藻屑のようにその真相が闇から闇に消えつつあるといえるのではなかろうか。」

諭吉はいささか力んでこういっては見たものの、「そうだ」というほかない、暗闇から黒牛を引き出すようにまるで実感がない。

「それで、先生は京に行って、事の真相をわたしに探れ、というのですね。」

「そうだ。だが暗殺者を見つけて、仇を討てといっているのではない。まちがっても新選組と刃を交えるようなことがあってはならない。これだけは厳禁だ。わかるね。わかってもらわなければならない。」

由吉はすぐには頷かない。敵がいまここにいればすぐにでも斬りかかっているような勢いなのだ。

「切った張ったでは事は解決しない。むしろ真相が隠されてしまう。

由吉の目を信じるから、信じるほかないから、京で見るべきかぎりのものは見て、わたしに報告してほしい。そのあと、二人でじっくり事の真相を推し量ってみようではないか。」

由吉の目から激しい殺気まじりの怒気の気配がゆっくりと沈静してゆくのがわかる。ようやく諭吉の居室のありさまに目をやる余裕ができてきたらしい。


何度も足を踏み入れたことがある諭吉の部屋は、由吉の目にも、かつての乱雑そのままのありさまと比べると、同じ居室と思えないほど片付いている。五ヶ月前、渡米から帰った直後も、その変化に驚かされた。さらに整理整頓が進んでいる。なるほど小さな文机の上は書きかけの原稿で散らかっている。だが部屋の隅はきちんと片付けられ、刷り上がったばかりの書物が四種類ほど、積み上げられ、並べられている。

由吉に書き物の話をするのははじめてだろう、と考えながら諭吉がいう。

「そのいちばん端にあるのが『西洋事情』で、竜馬へときみに持たせたことのある本だ。三冊組で金三分だが、きわめて売れ行きがいい。」

物の値がすぐ口に出るのが諭吉の癖である。

「金三分というのは、わたしなどにはとうてい手が出ない値ですが、書物の値としてはずいぶん安いように竜馬さんから聞きました。」

「机に散らばっているのが、今年中に書き上がるはずの原稿で、『西洋事情』の続編（外編）なんだ。」

諭吉は『西洋事情』とその続編とでは、いささか視角、書く視点が異なるといおうとして、やめた。ところが由吉が反応した。

「これは竜馬さんの言葉なんですが、この本を起点に大政奉還を説くとだれもが納得するだろう、ということでした。わたしには、納得するしないも、よくわかりませんが。」

「竜馬さんには稿本以前に素稿段階での写し（写本）を渡してあるから、当然そういうだろうね。」

諭吉は突然由吉を試してみたくなった。剣の腕の方はすでに知っている。


「ところできみは日本で『君主』といえば誰のことだと思う。」

すぐに答えが出てきた。やっかいなことに、問いが加わってる。

「公方様のことでしょう。しかし公方様は二人いますね、江戸と京都に。これって異常なのですか、正常なのですか。」

試そうと思ったのに、諭吉のほうが試される羽目になっている。

「ヨーロッパには法王、ポープと国王、キングがいる。京都にいる公方、お上、天皇は法王に当たる。江戸にいる公方、お上、将軍は国王に当たる。ひとまずはこういっていいだろう。」

「その法王と国王はどう違うのですか。」

「法王は信仰、天主教（カトリック）の親分で、国王は政治、地上の親分ということになる。」

「親分」とはまずい表現かなと思えたが、上州生まれの由吉のことである。

「じゃあ天皇は信仰、仏教や神道の親分だということでなら、坊主や神主の親分なのですか。それに天皇は地上の親分である将軍より偉いのですか。」

やはり「親分」はまずかった。そう思ったが、引き返せない。

「天皇も将軍も、わが国の民すべての親分である点では同じだ。しかし『位』、威光・権威では天皇の方が上で、『実力』、実力・権力では将軍の方が上である。つまり天皇が政治、大政を将軍に任せたということだ。」

まるで詰め将棋を指すように、由吉が問う。

「大政奉還というのは、将軍が任された大政を天皇に返すということでいいのですね。」

諭吉にはこう答えるほかない。

「大政奉還とは、言葉の上ではその通りだが、将軍も幕府も実権を天皇、朝廷に返すつもりはまったくない。」

諭吉が予想したとおりの問いが返ってくる。

「では竜馬さんが仕込んだ大政奉還は、形だけの茶番にすぎなかったと先生はいいたいのですか。」

「そんなことはない。ただいろんな人たちに利用されたことはたしかだ。この件についてはきみが京へ発つ前にあらためて詳しく語ろう。」

由吉はそれで引き下がり、いちばん近くに積まれている真新しい小冊子を手に取り、珍しそうに頁をめくる。

「衣之部」の最初の頁には、第一肌襦（ハダジュ）バン、オンドルショルツ、第二下股引、ヅローワルスが図つきで説明されている。最新刊の『西洋衣食住』だ。

「先生、この本は表紙に片山氏蔵版とあり、題言には片山淳之助誌（しるす）とあります。先生が書かれたのではないのですか。」

「わたしが書いた本に違いない。片山淳之助というのは塾の門下生で、その名を借りたにすぎない。」

ここで由吉はきちっと座り直し、

「先生、先生のおっしゃるとおり、京でわたしはわたしの目でみることができるかぎりのものを見てこようと思います。正月までには戻ってこようと思いますが、もう少し日時を要するかもしれません。」

ここで一拍おいて、続ける。

「生意気な議論をふっかけて申し訳ありません。先生と竜馬さんの議論をそばで何度か聞いていたときに生まれた素朴な疑問を、一度お尋ねしてみたかったのですが、数語でわかるほど単純ではないことだけはわかりました。」

「きみのことだから、わたしがどういおうと、すでに京へ行こうと準備してきたのだろう。このまま行きたまえ。これは少ないが旅の足しにしなさい。」

由吉は黙って金子の入った紙包みを受け取り、深々と黙礼してひっそりと部屋を出てゆく。由吉の残像を追いながら、諭吉はおのれに言い聞かせていた。

「由吉が京からもたらすであろう情報が何であれ、問題は暗殺の実行犯ではない。何者が竜馬を殺す必要があったか、その理由をおのれと由吉が、まず十分に納得することができるかどうかが問題の中心なのだ。」

諭吉は、部屋のぬくもりが由吉の抜けたぶんだけ失われてゆくのを感じていた。寒気のゆえばかりではない。いつのまにか諭吉にとって由吉がなくてはならない暖かみの通じあう人間になったということだろう。

2 「大政奉還」審問

諭吉は、書く手を止め、筆から墨をていねいにぬぐいとって、しばし沈思する。

今回の大政奉還を、由吉がわかるように説明できなければなるまい。その説明がなっていなければ、多くの人が十分納得できるようなものにはならないだろう。説明には仮想問答集の形がいいだろう。

……慶喜公、大政奉還を受け入れたのは、本意からなのか。（将軍慶喜が、みずから「幕府」といったり、「反幕」などと口にするはずはなかろうが、ここでは叙述の都合上、仮のこととしてご寛容を。）

「然り。理由ははっきりしている。」

一、薩長は反幕から倒幕へはっきりと舵を切り替えた。もちろん倒幕勢力を力で跳ね返すだけのものを、いまの幕府は備えている。

大本では反幕にすぎない朝廷が、親幕の孝明帝をうしなって倒幕の方へ傾斜を強めている。だが開国の勅許を与えたいま、幕府を正面から咎める正当な理由を失った。

問題は、新帝がまだ十六歳なことだ。そのまわりを陰謀好きの反幕非幕の公家や薩長土芸の勤王反幕派が表も裏もがっちり固めている。新帝の意志に将軍、幕閣はもとより、親幕派の入り込む隙がない。

二、幕府が大政を奉還する。朝廷の意志のもとに諸大名が藩（国）連会議を開き、日本国の大事を決め、実行しなければならない。

この大名連合の会議、列侯会議、あるいは連藩会議で、大小にかかわらず、ものごとが一つに決まるだろうか。決まらない。万一決まったとして、だれが実行するのか。徳川政府以外にない。将軍慶喜を飛び越してだれが指導権を握るというのか。久光、春嶽、容堂、……、誰も指導権を握ることができないではないか。

つまり、この会議を開くと、ただちにそれを開いた朝廷の権威はがた落ちになる。列侯会議や連藩会議は無能な姿をさらけ出し、無用の長物となる。

だから徳川幕府は形の上ではなくなるが、徳川を中心・中核とした政府以外に、対内的に統治権を主張できない。対外的には従来通り徳川政権が主権者として振る舞うことになる。

三、朝廷も列侯あるいは連藩会議も、あらためて徳川政権を認知せざるをえなくなる。かくして詔勅（天皇の意志）によって徳川を誅する口実を、朝廷も、薩長反幕勢力も失う。

……ということは大政奉還は、幕府が望んでもえることができなかった極上の政体に違いないということか。

「然り。極上の政体であると自信をもって断言できる。」

一、もとより大政（政治権力）は形の上では返上する。もはや「徳川幕府」ではない。世襲制で政権を維持・継承してきた内実を失う。その意味で「幕府」は消失した。

しかしいま現在、徳川藩に代わって政権を担いうる藩は存在しうるだろうか。しない。薩長連合といっても、それは軍事同盟であるにすぎないのだ。将軍とその閣僚を差し置いて、ひとつの政府を二藩共同で運営する能力などない、なによりも経験がない。

それにいま現在、政府機構・財政・産業・軍政改革でもっとも実を上げているのは徳川幕府以上にはない。将来ともに、徳川政権は安定し、強力になってゆくと見て間違いない。

二、大政奉還は弥縫（びほう）策、危機回避の一時逃れたと主張する者もある。幕府内にも少なからずいることはたしかだ。だが、そうではないのだ。

幕府が二百五十年余にわたって世襲し、主宰してきた幕藩体制は、西洋と対面し、その文明の力を知らされ、かつ知るにつけ、すでに古くなったという事実は否めない。

徳川宗家は世襲を続ける。だがこの国の政府のトップは世襲ではない。実力と実績が物をいう。わたし（慶喜）が徳川宗家を継いで、将軍職を継ぐのを控えたのは、大政奉還の来たるを予想してのことであった。

……であるならば、慶応二年、将軍家茂が亡くなったおり、福井の松平春嶽公があなたに大政奉還を迫ったとき、なぜにそれを拒絶したのか。

「理由は、はっきりしている。」

一、徳川政府として、大政奉還はあくまでも朝廷と諸大名の総意として、これを受けるというのでなければならない。それでこそ三百諸侯の上に立つ徳川家の面目が立つというものだ。

二、春嶽公のようにたんに政権をお返しします、では徳川は大政を維持できない無能政府だということになる。これ以降は、臣下として礼と儀を尽くします、では徳川家の大義も名分も廃れるではないか。

……慶喜公の大政奉還とは、慶喜首班政府の樹立と強化を意味するわけなのだね。

「然り。新徳川政権の船出宣言に等しいのだ。」

諭吉は、沈思しつつ、以上をすばやく書き留めて、はっきり確認できた。

慶喜の大政奉還とは、つい一年前まではおのれも心酔していた「幕府による文明開化」のニュー政治バージョンとでもいうべきものである、と。

事実、将軍慶喜による大政奉還は、ごく短い間に、閥閣や幕臣のあいだで「さすがは慶喜公だ」と賛意と称賛で迎えられるようになっている。幕臣たちが意気軒昂になった理由である。守勢一方から、反攻に転じる好機を自らの手でつかんだということだ。

以下は諭吉自身の意見表明、自問自答である。

……薩摩や長州は、竜馬がその先頭になって推し進める大政奉還にどのような態度で臨んでいるのか。

「反対をはっきり表明している。大政奉還は徳川幕府の延命を確実にするからだ。」
一、もともと大政奉還論は、幕臣の大久保忠寛（一翁）がいいだし、それを受けた松平春嶽、勝海舟がつとに主張している、幕府側の主張である。明らかに幕府延命策だ。
二、その主張を煮詰めていえば、
「幕府は攘夷実行を迫る朝廷に、掌握する天下の政治を返上し、徳川家は諸侯の列に加わり、駿府、遠江、三河の旧地を所領し、居城を駿府に定めるのが、現下の上策である。」

というものだが、政権放棄に本意があるのではなく、一種の政治的脅かしであった。政権担当能力も実績も皆無な朝廷が、幕府に政権を返上されたら、あっというまに立ち往生する。事実、朝廷の尻馬に乗って薩と長が「攘夷」を敢行したが、どんな悲惨な結果になったか、まだ記憶に新しい。

「そんなに幕府のやることなすことにけちをつけるのなら、ご自分たちで政権を運用してご覧なさい、できますか。」

という脅かしが、概していえば脅かしだけが「大政奉還」論に込められている。
三、大政奉還を幕府が真剣に検討せず、政治的脅かしのために使っているあいだはまだよかった。朝廷や反幕派は幕府・幕閣の意思統一のなさ、朝令暮改等を利用し、幕府内部にさまざまな分岐や分裂を持ち込むだけで十分な政治的効果をあげることができたのである。「攘夷決行」を迫るなどはその好例である。

……「大政奉還反対」の基本理由とは。

慶喜の大政奉還は、これまでのとは非常に異なる。

幕府が率先して文明開化を取り入れる。その先頭に慶喜が立ち、小栗忠順以下の開国・開明派能吏が推進する。反幕、討幕派はいまや政治、経済、軍事分野の施策で幕府に大きくリードされ、その差はどんどん開きつつある。

……つまり慶喜の大政奉還に危機感を強めているわけですね。

「はっきりと認めたくはないが、然りである。」

大政奉還に対する認識は、幕府側も倒幕側も、受け止め方は逆だが、同じである。この点を由吉に理解してもらうためには、ぜひ幕府の文明開化の推進役、小栗忠順のことを知ってもらう必要があるだろう。

小栗の献策と実行力は、諭吉が目の当たりにしたところであり、薩長の開明派も瞠目するところであった。

竜馬も「商人」のようなことをしているが、小栗の構想・組織・実行力に比べると、ほとんど赤子も同然である。小栗の抜群の働きを、略歴風に記しておこう。

小栗忠順（ただまさ）（1827〜68）幕臣。一八六〇年、日米条約批准の使節に目付（副使役）として随行、渡米する。帰国後、鎖国攘夷の議論がようやく盛んになると、みなが口を閉ざしたなかで、小栗一人は憚る所なく米国文明の事物を説いた。政治・武備・商業・製造等においては、外国を模範としてわが国の改善をはかるべきと主張し、幕閣をビックリ仰天させた。その後、勘定奉行・外国奉行になって、財政・外交等を担当したが、罷免、任用を繰り返す。つねに政務にはげみ、おのが任務を幕政担当と思い定め、精励すること余人の及ぶところでなかった。まさに剛直の人だ。

小栗の政治経済政策で特筆すべきは、

一、不換紙幣製造・発行を断固斥けたこと、

二、洋式の陸軍を養成したこと、

三、仏国より工・技師を招き、英仏より許すかぎりの器械を買い入れ、多額の資金を投じて横須賀造船所を設けたことである。

少なくとも幕末数年間、幕府が命脈を繋ぐことができたのは、小栗の力が与ってあまりある。

以上は、かつて同じように英学を学び、幕臣でもある福地源一郎（桜痴）が諭吉に語ったものである。

四、この桜痴の紹介にもう一つ加えるなら、小栗が構想した「兵庫商社」がある。

全面開国（開港）は、貿易を独占してきた幕府の虎の子である収入源を失うことを意味する。したがって、幕府は、開港を幕府直轄地にかぎり、貿易を引き続き幕府の半ば独占事業にしようとし

た。しかしそうは行かなかった。藩間貿易だけでなく、琉球や上海を経由する外国との密貿易も半ば公然とおこなわれ、既成化されるにいたった。

それで幕府は、民間から資金を集め、幕府が音頭を取る国策会社がおこなう商社事業を展開しようとする。貿易と流通で主導権を握り、幕府財政再建の切り札とするためにはじめて手をつけたのが、小栗が一八六七年四月に建議し、設立した兵庫商社（コンペニー）である。

「天下の台所」大坂の主要な商人から出資者を集め、彼らのうちから役員（頭取、肝いり）を選ぶ。兵庫開港の十二月に合わせて、大阪の事務所で六月に発足、十二月まで営業した。

豪商鴻池、天王寺屋、三井をも巻き込んだ兵庫商社の設立は、反幕勢力、とりわけ薩長に衝撃を与えた。これは薩長（と竜馬）が計画した商社とは比較にならない、生産・流通・貿易をつかさどる大資本に裏打ちされた総合商社の走りである。また海援隊の伊達源二郎（陸奥宗光）が立てた「商方意見書」にも大きな影響を与えたことは、源二郎が「コンペニー」を踏襲していることでもよくわかる。また渋沢栄一が静岡で設立した「商法会所」の原型となったといっていい。

兵庫商社は、明らかに外国商人や雄藩商会の交易事業に対抗するもので、大資本の形成をはかって市場競争で勝ちを制する目的をもっており、その収益を幕府財政に繰り込むという三段構えのものである。

小栗は海舟が軍艦奉行を罷免になった後に、幕府の外交・財政・軍事全局の責任者となって、幕府復権をのみはかる超保守派とみなされてきた。しかし、開国派で、外国との交易・軍事交渉ではきわめて細心の注意を払った能吏で、小栗が消えても横須賀造船所は残り、兵庫商会のデザインは残ったといわなければならないほど、日本の将来に尽くした英傑の一人であることに違いはない。

この小栗が主戦論をかざして、朝敵に指定されて非戦論に転じた慶喜に斥けられ、朝敵として斬首された。日本は失ってはならない能吏を失ったのである。


政治を任される武士にとって、経済はつねに政治経済である。小さな規模とはいえこの点では武士竜馬も同じである。竜馬のビジネス下手はつねに政治の手段に経済をおいていただけでなく、経済には政治から一定独立した理法があることに思いが及ばなかったことに原因があるといってもいいだろう。

この点で、三岡八郎、五代才助、岩崎弥太郎は商才に長けていた。小栗忠順は政治と経済の見事なつながりを理解し、経済と軍事強化の基盤作りに「成功」したといっていい。富国強兵策のトップバッターだったのだ。その彼らは全部が武士である。

「武士の商法」という言葉は否定的意味ばかりが強調される。だが一国の政治経済を担ったのは、担いえたのは「武士」なのである。ビジネスにおける「武士」の側面は、もっと強調されてもいいだろう。渋沢栄一、然り。岩崎彌太郎、然り。武士の商法である。

諭吉も、武士であり同時に優れた商人である。諭吉を貶めるために「学商福沢」などと揶揄することがあるが、「学商」の才こそ他の追随を許さない諭吉の美質なのだ。

長くなりすぎたが、竜馬好き、幕府嫌いの上州っ子由吉に知ってほしくて、つい諭吉の肩に力が入る。

……薩長にとって、大政奉還は幕府の延命策以上のものに見えるのだね。

「そうだ。これを坐して放置すれば、政治・経済・軍事で強大化した徳川政権に、反徳川勢力は漸次力を殺がれ、各個撃破され、壊滅してゆくほかない。」

実際、徳川政権構想の柱として、小栗忠順は藩を廃止し、徳川中央政府の下に郡県制を敷こうとしていることは、諭吉もよく知るところである。まさに徳川幕府の文明化を通じた、中央政府の全国「直轄」化である。（明らかに明治維新政府の先取りではないか。）

……徳川宗家にして将軍たる慶喜が大政を奉還するのだ。いかほどに反対であろうが、また反対しようが、唯一将軍だけに許される権限で、阻止する術はないのではないか。

「もちろん手をこまねいて見ているだけではない。策謀では薩長が上なのだということを忘れないでほしい。秘策はすでにしてある。」

諭吉には、ここでにやりと笑う西郷や大久保の顔が思い浮かぶ。しかし「秘策」とは何か、諭吉には推測だにできない。

したがって、以下は「陰の声」である。岩倉具視の声と思ってもらってもかまわない。

「大政奉還に対する秘策とは何か。『倒幕の密勅』これである。幕府、徳川政府ならびにその同盟、同調、同伴者を一挙に『朝敵』にすることだ。」

……「朝敵」の威力というのはそんなにすごいのか。

「すごいなどというものではない。『朝敵』の烙印を押されたら、見るも無惨な結果になるというのは、古い昔に例をとるまでもない。先の蛤御門の大乱でほかでもない長州が身にしみて味わったばかりである。」

……慶喜公に「朝敵」指定はいかほどに効果があるのか。

「甚大である。壊滅的といっていい。幕府を、慶喜を朝敵に指定し、これを滅ぼせという勅令を発すること以上に、大義名分にこだわる慶喜を、意気消沈、気息奄々、支離滅裂に追い込む秘策はない。」

……では、どのように「倒幕の密勅」は下されるのか。

「すでに下されたのだ。大政奉還が奏上された十月十四日、同じ日に宮中で三名の公家の名によって倒幕の密勅が薩摩の大久保、長州の広沢真臣（さねおみ）の手に下った。」

まさに稀代の策士とでもいうべき、岩倉具視、西郷隆盛、大久保利通等が用意周到に図った秘策である。しかも絶妙のタイミングが用意されていた。大政奉還これあると予測した、幕府を一撃でノックアウトに追い込むカウンター・パンチである。

兵馬の数においても、陸軍が擁する火器の数と威力においても、海軍が出動可能な軍艦の数と威力においても圧倒的に勝る幕府軍を、出鼻でくじき、混乱と敗走に陥れる秘策がここに立ったというべきだろう。

大政奉還が薩長倒幕側ではじめて政治日程に繰り込まれたのは、竜馬が船中八策を示した二週間後、慶応三年（1867）六月二十二日に結ばれた薩土盟約においてであった。それから三ヶ月半のあいだ、薩長が非同意の黙認という形で進んでゆく大政奉還の進行を、誰よりもじりじりする気持ちで見守っていたのは、他でもない、その推進役の竜馬ではなく、大政奉還にあわせて倒幕へと動くタイミングをはかっていた薩長倒幕派であったというべきだろう。

ここで竜馬に登場してもらおう。

……竜馬さんは大政奉還で何を狙っているのか。

「究極的には、藩も、大名も、幕府も、朝廷もなくなる社会である。その第一段階として、幕府に退場を願う。」

……大政奉還は徳川の延命策という説があるが。

「延命になるか、強化になるか、または衰滅になるかは、自動的に決まるわけではない。慶喜公は徳川政府になることに、そうとう自信をもっておられるようだ。だが徳川が武力で立ちあがれば、反幕派も黙ってはいないだろう。」

……武力衝突を予想しているのか。竜馬さんの大政奉還は「平和革命」を志向しているという説があるが。

「革命が暴力的になるのか、平和的になるのか、をあらかじめ決めることはできない。いずれにしても相手に対抗できるほどの武力を蓄え、戦闘に備えていなければならない。素手で平和が実現できるというのは楽天にすぎる。しかし、可能性があれば血を流さず、徳川幕府を退場さすことができれば、それにこしたことはないだろう。」

……竜馬さんはやはり倒幕をめざすのか。

「疑うべくもなくはじめからそうだ。倒幕、廃藩、身分制度の撤廃、つまりは幕藩体制の廃止を目指すことにかわりはない。別な角度から見れば、わたし竜馬の大政奉還は将軍に『花道』をつくる、ということで、倒幕の第一段階である。」

……しかし薩長は大政奉還を徳川政府の延命あるいは強化策とみている。武装闘争で決着をつけなければ倒幕はならないと考えている。

「冷徹なリアリストである西郷、大久保さんはそう考え、わたしにも説いている。しかし現在の軍事力を比較して、倒幕側が勝利するチャンスはどれくらいあるだろうか。この点でお二人はリアリストではない、というのがわたしの判断だ。」

……では西郷さんたちは、武装闘争で勝つ秘策をおもちなのか。

「まったく窺い知ることはできない。いちど大陰謀家の岩倉さんに、中岡慎太郎を介して、接見したことがある。わたしから福井の三岡八郎（由利公正）を推薦しておいたが、岩倉さんからは用事というほどのこともなかった。」

……「竜馬は土佐の『走狗』になった」という説もある。土佐の大政奉還とは同じなのか。

「土佐は、薩長の流れに乗り、しかも徳川政府が水没するのを助けるという、二股膏薬と見える、なかなか理解されにくい作戦をとっている。だがこれは土佐藩としては自明のことで、この藩の歴史と関係することだ。わたしは元来が土佐脱藩者であって、土佐藩や容堂さんと生死を共にする気はまったくといっていいほどない。それに大名連合などには、幻想のカケラも抱いてこなかったし、これからもない。」

……もし薩長が政権を取ったら、どうなると思うか。

「予測不可能です。ただ、薩長といえども、自分たちのさじ加減だけで事を運ぶことは不可能です。わたしが望むのは、諭吉先生が示した、天皇を戴く立憲民主政体を、薩長が進めるとき、その政権は生き残るということだ。」

ここで諭吉の手が止まる。小さい文字がならぶ半紙を揃えてから二つにたたみ、紙縒（こより）を通して結ぶ。いつも机の右端に置かれている湯呑みの酒は、ほとんど減っていない。ようやくそれを一気に飲み干し、もう一杯と思って立ちあがった。が、湯呑みはそのまま机の上に置いたままにして寝床に潜り込もうとして、手足が氷のように冷たいことに気づいた。

3 「暗殺動機」審問

由吉が京から戻ってきたのは十二月二十四日の五つ半（夜八時）を少し回ったころである。およそ三週間あまりを費やしたことになるか。この青年が事に当たって迅速なことにしばしば驚かされるところがあったが、今回は不案内な京である、それも尋常の用件ではない。神速といっていい。

由吉は、一見して疲労困憊というより、沈鬱な表情を浮かべて諭吉の前にうずくまるように座っている。諭吉には、翌日早くから懸案であった新塾舎の用地購入交渉の件が控えているが、まだ時間はたっぷりある。

由吉を促すと、くしゃくしゃになったメモ紙を取り出したものの、時に天井に目をやる素振りを見せる他は、ほとんどは目をつぶって、それでもゆっくりと語りだす。

諭吉もときどきメモをとりながら、黙って聞いている。半刻（一時間）ほど語り続けた由吉は、

「以上です。まだ調べるべきことがたくさんあるとは思いましたが、京はなにやら騒然としていて、いつ戦争になってもおかしくない気分が充満していましたし、それに探索方の目がうるさく、なん

どか誰何（すいか）されたり捕まりそうになったこともあって、とにかく面倒なことにならない前に、まず先生にご報告をということで、切り上げてきました。」

といって報告を終え、ふっとため息をつく。ようやく表情が一気にやわらかくなった。

諭吉はじつに感じ入ったという表情を隠さず、由吉のために書き留めておいたメモ紙をわたしながら、いう。

「ご苦労でありました。うーん。一つ一つの検討は明日の夜におこなうとして、今夜は、残り湯ですまないがとりあえず汗を流し、ゆっくり足を伸ばして休んでほしい。奥に床を敷かさせよう。これは大政奉還に関して、きみの参考になることをと思い、したためておいたものだ。明日までに読んでおいてくれると助かる。」

由吉は戸惑いを見せている。なにせ福沢宅に寝泊まりするのははじめてのことだからだ。しかし諭吉のメモ書きを受け取り、素直に応じる。

「そうさせていただきます。」


いまここに対面する諭吉と由吉を見比べたなら、顔つきは似ていないものの、二人が本当の親子にちがいないと思えるだろう。

背丈はほぼ六尺の由吉のほうが少しだけ高い。体重は、最近わずかずつだが太りはじめた諭吉のほうがかなり重い。年齢差は十ほどだが、諭吉の容貌は総じて実年齢よりも老けて見えるのに対し、あと数日で二十四歳になろうという由吉のほうは世間ずれしていないせいもあって、少年の面影をまだ残している。
外見だけが似ているのではない。もともと武士の体面や形式張った生き方を好まない諭吉に対して、由吉のほうははじめて諭吉の前に現れたときよりもずいぶん武士らしい言動をするようになっている。
なによりも似ているのは心の置き所ではないだろうか。諭吉は由吉の中に竜馬の影を見ているし、由吉は諭吉の中に自由闊達と独立不羈の塊とでもいうべき竜馬の魂を感じ取っている。二人の出会いは松木弘安を介してであったが、二人の魂をつなぐきっかけを与えたのは、竜馬の他になかった。

翌日、まず諭吉は小幡篤次郎とともに新銭座まで出向いた。鉄砲洲一帯が外人居留地に指定されたため、早晩立ち退かなければならなくなることもあって、代替の敷地購入の交渉である。これは少しもめたが、無事にすんだ。一つ肩の荷を下ろすことができたが、二つ目はこうは簡単にいかないだろうと予想できる。

夕刻から、諭吉はいつものように徳利をそばに引き寄せて大振りの湯呑でちびりちびりとやりながら、昨夜由吉が語った内容を逐一検討し続けている。簡単にメモをとり整理してみると、あらためて竜馬が複雑で難しい「組織と人間」関係のなかで動いていたことが了解できる。

早朝、敷地購入に出向く前に由吉が寝ている部屋をのぞいてみたが、姿を認めることはできなかった。夜具はきちんとたたまれている。その由吉が昨日と同じように四つ半（九時）に姿を現し、さっそく事件の検討がはじまった。

「重要なのは、すでに確認したように、竜馬を殺した実行犯を明らかにすることではない。誰が、どのような勢力が竜馬を殺す必然があったかを明らかにすることである。いいね。きみの説明をわたしなりに検討してみた。一つ一つ、きみの判断を仰ぐから、遠慮なく答えてほしい。これもいいね。」

由吉は二度大きく頷く。

第一件（ケース1）。

竜馬の最大の敵は徳川幕府である。

幕府にもいろいろあるが、将軍慶喜からはじめよう。

大政奉還を掲げた慶喜がそのプランの提供者である竜馬をこの時期に除く必然はまずないとみていいだろう。

幕閣のなかには竜馬を直接ではないが、間接的に除きたいグループがある。

第一は大政奉還にそもそも絶対反対のグループ、第二に大政奉還は無用の困難を呼び込んだとするグループである。
第二のグループには大政奉還を推進した大久保一翁や勝海舟につながる人脈と敵対するグループが入る。敵対グループの先頭にいるのが小栗忠順だ。この両グループはともに文明開化派である。
「この中に竜馬暗殺の必然動機を持つ者はいるだろうか。」(諭)
「いない、と思います。」(由)
「しかし京からはもっぱら犯人は新選組だ、見回り組だ、幕府の差し金だ、という評判しか聞こえてこないが、これは火のないところに煙は立たない、ということではないのか。」(諭)
「ちがうと思います。わたしがもっとも精力的にかぎ回ったのは、この評判の出所でした。薩摩、長州、土佐、紀州、それに朝廷などは当然としても、犯人と名指された新選組、見回り組それに京都所司代をはじめとする幕府側からも、犯人は新選組だ、いや見回り組だ、そうにちがいない、という声が聞こえてくるのです。
しかしその声に確証あるものではありません。風評にすぎないと思って間違いありません。」(由)
第二件(ケース2)。
竜馬の大政奉還策にもっとも反対していたのは、薩摩であり、長州である。幕府の延命・強化に手を貸す、利敵行為であるとみなしたからだ。しかも竜馬をのぞけば、激動する政局の中に割り込んできて、キャスティングボートを握ろうという土佐とのあいだに分岐が生じ、容幕府派の容堂・

後藤（象二郎）の画策を避けることができる。竜馬暗殺の動機がもっとも強いのはこの二藩であると見てまず間違いない。

「薩摩に竜馬を殺す必然があっただろうか。」（諭）

「動機はいちばんあるでしょう。それに薩摩はもともと竜馬を『駒』とみなしてきました。それがおのれたちの手から離れ『奔馬』になったのです。

だが竜馬暗殺にいちばん驚いていたのは、在京している大久保や吉井幸輔のようです。薩摩が張本人であるとまず名指されるからでしょうが。」（由）

「長州はどうだろう。開国に舵を切ったとはいえ、もともと攘夷の国である。大政奉還には、竜馬ともっともつながりの深いあの桂でさえ、腹を立てていたそうではないか。」（諭）

「動機はたくさんあります。しかし長州を衰滅から救ったのは、竜馬さんでしょう。それにこの国は陰謀の得意な国ではありません。長州が竜馬さんをやったのなら、どんどんぼろが出てきていいでしょう。」（由）

「では薩摩も長州も、竜馬暗殺の必然動機はあるが、殺害の必然はないと判断していいね。」（諭）

「はい。わたしの実感にも合致します」（由）

第三件（ケース3）。

朝廷は昔から密謀のすみかである。同時に公家は脇が甘く、彼らと事を起こせばかならず露見する、というのも通り相場になっている。公家にとっては千載一遇のチャンスとも思える大政奉還のプランナーである竜馬を暗殺する計画を立て、実行犯に託してすこしも露見しない、などという凄腕の密謀家は、この時期、岩倉公をおいていない。

「岩倉公は竜馬を暗殺した可能性はあるか。」(諭)

「ないと思います。証拠が必ず残る襲撃、暗殺など、公が試みるはずがない、というのが本当ではないでしょうか。」(由)

「きみが永井さんの話として伝え聞いた『岩倉公はもっと大きな密謀を図っているのであって、竜馬暗殺などという小さなことにかかわるようなお方ではない』という点も重要だろう。永井尚志(なおゆき)(若年寄格)は、在京大坂で、竜馬に死の直前までなんども会っていたそうだ。」(諭)

「その竜馬の暗殺など小さい、というのは癪ですが。」(由)

第四件(ケース4)。

竜馬はこの一年ほどかなりの数のトラブルを抱えていた。主なものでも四つある。その他にビジネス上のトラブルがいくつかある。

一、「いろは丸事件」といわれる海難事故で、紀州藩、大洲藩と。

二、イギリス軍艦イカルス号の水夫殺害事件で、英国公使、福岡藩と。

三、ビジネス専属契約問題で、田辺藩と。

四、英米人殺傷事件の嫌疑で。

どれも何とか切り抜けたものの、相手に甚大な損害を与えたままである。

「これらのトラブルで、竜馬は殺された可能性はあると思うか。」(諭)
「直接竜馬さんの命に関わるのは、一の『いろは丸事件』でしょう。相手方の紀州それに大洲藩の要人は切腹していますし、大金略取も絡んでいます。恨みはことのほか大きいと推察できます。
しかし警戒の厳しい京で、手練れとはいえない大洲や紀州の藩士が襲い、暗殺して逃げたのです。露見しないなどということは難しいでしょう。」(由)
「それに大政奉還というこの時期、いくらのんきだといっても、竜馬も緊張し、警戒していただろう。この件でこの時期、両藩士に竜馬暗殺を実行するなどという可能性はありうるか。」(諭)
「ゼロではないにしても、可能性はほとんどないと思います。」(由)

4 由吉推断

由吉の京での探索は、事件が起こった現場周辺が中心になった。

由吉は毎日、竜馬が暗殺されたといわれる五つ(夜八時)頃になると、犯行が起きた河原町通りの近江屋の前にたたずんでいる。ぴしっと表戸は閉められ、灯りもない。

道をはさんで斜め向こうが土佐藩邸である。人の出入りが激しい。東西に延びる藩邸の塀伝いに東に進むと、高瀬川にぶつかり、北は木屋町、南は先斗町へと続く。このあたりは何となく竜馬さんが愛した場所かなと思えてしまう。京都の冬の底冷えは上州の空っ風に鍛えられた由吉にも想像以上に厳しい。懐におさまる金はずっしり重かったが、宿は近江屋から北に一条入った上り通りの西端に近い木賃宿にした。

由吉が京に入って、最初に足を向けたのが近江屋で、そこだけが周辺の灯りや騒がしさからひっそり孤立し、暗闇に閉ざされたままである。

このように昨夜、諭吉にしずかに報告した。近江屋周辺が由吉にとっても特別の空間であると強く印象づけられるような語りであった。


だが由吉が諭吉に語らなかったことがある。極私的な事情があったからだ。

京に潜入したばかりのころである。木賃に戻る途中だ。

小路はすでに人通りが途絶え寒風が吹き抜けてゆくだけだった。暗いから風に色はない。だが臭いはかすかにある。キャッチしたのは宿にもう少しで着くという暗がりで、前を数人の侍に遮られた。後ずさりすると、うしろもすでに数人で塞がれている。

とっさに右手の枝路の暗闇に身を翻すように滑り込ませた。それが罠だと気がつくのに数秒を要しなかった。細路の奥の真っ暗がりから三人ほどか、夜目にも光る白刃を下げて蹴立てるように直進してくるのがわかる。両側は高い塀である。封じこめられたらしい。振り向くと、滑り込んだ枝道の薄闇を抜けて、低いやわらかい声がかかった。

「何か御用かな。見慣れない風体だが。」

そう聞きたいのはこちらのほうだと思いながらも、由吉はおし黙ったままだ。

「われわれは土佐藩邸のものだ。先月、近くでわが藩のものに事故があった。それで警戒している。昨日もきみらしい者を藩邸付近で見かけたという者がいる。ご足労をかけるが藩邸までご同道願えないだろうか。」

言葉使いはていねいだが、有無をいわせぬ響きがある。由吉はあいかわらず声を発しない。気息まで消したかのように闇に立ちとどまったままだ。

少し間をおいて、一つ短く気合いを入れるようにして、中肉中背の男がやにわに剣を抜いてすたすたと由吉に向かってくる。

由吉は暗い枝路の奥のほうへ躊躇なく走る。同時に奥の三人の剣が狭い細路をいっせいに速度をまして由吉めがけて突き進んでくる。由吉は刀の柄に手もかけていない。一対三が間合いの中にはいると思われた瞬間、剣を握ったまま三人は硬直したように突っ立って、動きを止めた。

ひとりは肘、ひとりは胸、いまひとりは首筋をいっしゅん強く突かれたようなのだ。獲物はなんだったのか、突かれた者にも見えなかった。音もなく暗闇のなかに姿を消してゆく由吉の背を呆然と襲撃者たちはみつめるだけである。

「何者なんだ。」

とひとりがいうと、

「胴体が離れなかっただけでも、もうけものか。」

と低くつぶやく声が聞こえる。

由吉が京で誰何されたのは三度、剣で迫られたのはこの通りのを入れて二度ほどで、いずれもなんなく逃げおおせることができた。そのたびに、

「殺してはいけないよ。」

という竜馬の言葉がいまでも由吉の耳の底で響いている。


第五件（ケース5）。

土佐藩は大政奉還を将軍慶喜に建議した当事者である。それも竜馬のプランと根回しによって可能になったといっていい。薩土盟約がなり、長土盟約は実現しなかったものの、土佐が竜馬の働きもあってこの激動期の闘争場でキャスティング・ボートを握るまでの存在になったのである。その土佐が竜馬を暗殺する必然はない。いちおうこう推断できる。

「だが、ひるがえってこの暗殺をなんなく実行でき、しかも闇から闇に葬ることができるのは、どこか、だれかと考えてみるといい。

土佐藩をおいてないというのがきみの調査の結論であるが、検討してみよう。」（論）

「一、暗殺劇で亡くなったのは、竜馬、中岡慎太郎、藤吉の三人。
二、異変を知って土佐藩に駆けつけた近江屋（殺害現場）の主人、報を受けて真っ先に駆けつけた第一発見者である土佐藩下横目（密偵）と竜馬の使いに出て戻ってきた小僧の峰吉。

三、土佐藩邸から谷、毛利ら三人。峰吉の知らせで白川に駐屯している陸援隊の田中に、途中、薩摩邸の吉井が合流。その後に駆けつけた藩士たちや医師河村盈進（えいしん）。

以上、その夜に暗殺現場に駆けつけたものとされるのは、吉井を除いてすべて、土佐藩士と土佐と密接に関係あるものたちである。吉井も竜馬に親近のひとりであった。

四、竜馬さんは即死。藤吉は十六日、中岡は十七日目に亡くなった。中岡は証言を残したということだが、直話かどうかの証拠がない。」（由）

「つまり、事件の真相がどうであれ、土佐藩が現場を封鎖し、事件を密閉したということだね。」（諭）

「私の観察によりますと、その感触がはなはだ強いと思います。『現場封鎖』はいまに続いています。わたしが誰何され、襲われた理由でもあります。」（由）

「では中岡が竜馬を暗殺する動機はなんだろう?」（諭）

「これも複雑です。

竜馬さんの大政奉還は、先生がいわれたように、二段構えです。

一、慶喜公がすんなり受け入れれば、つぎに、徳川中心の佐幕・旧幕派と倒幕・討幕派との激しい鍔迫り合いになる。

二、慶喜公が拒絶すれば、ただちに討幕の旗を掲げた戦いになる。

いずれの場合も、目標は倒幕です。ただわずかでも平和的な政権委譲の可能性があれば、それを追求するというのが竜馬さんのいつものやりかたです。

ところが土佐や後藤象二郎が献策した大政奉還では、幕府は一藩に格下げになるが筆頭藩として存続できる、同時に薩長の倒幕の動きを牽制できる、というもので、幕府と薩長のなかに割って入った土佐藩の地位がぐんと増すというものです。

だから、竜馬さんの大政奉還に続く倒幕への動きは、容堂公たちにとっては、とうぜんのこと許すことができません。封殺しなくてはなりません。

しかしもっと問題を複雑にしているのは、土佐の中には、乾退助（元大監察板垣退助）や中岡慎太郎（陸援隊隊長）のように、薩長に同調する討幕・武闘派がいて大きな力をもっていることです。乾も、中岡も、大政奉還には基本的に反対なんです。」（由）

「よくそこまで調べたね。」（諭）

「いえ、乾や中岡は公然と竜馬や後藤を『裏切り者』と批判している事実は、たいして調べなくとも誰にでも察知できると思います。

つまるところ、竜馬さんは、容堂、後藤側の大政奉還派からも、乾、中岡側の討幕派からも、ただちに除かれてしかるべき理由をもっていたのです。『役割ずみ』ということですね。

その上、竜馬さんは、土佐の藩邸になお強く残る家老や留守居役等の攘夷・旧勢力からも憎まれています。

だからこそ竜馬さんにとって、土佐藩邸も安全というわけにはいかず、無防備な近江屋のほうが

まだまし、ということになったのだと思います。」（由）
「つまり、土佐には、二重三重に竜馬暗殺を実行し、その真相に蓋をする理由ありというわけだ。それに薩長が竜馬を除こうと思えば、乾や中岡を動かせばいい。自分たちの手を汚す必要はなかった、という点も見逃せない。

では中岡の暗殺はどう説明できるだろう。」（諭）
「これはわたしのまったくの推断にすぎません。

結論からいえば、大政奉還以降の進むべきコースを巡り、両者激論の末、中岡が竜馬を切り、竜馬も中岡に反撃を加えたのだと思います。

中岡は激発性の持ち主で、実戦の場数を踏んできましたし、居合も得意で、腕に自信があります。甲論乙駁のすえというより、最初から竜馬暗殺ありき、という心づもりだったといっていいのではないでしょうか。

そしてこの時期、竜馬さんも陸援隊、とりわけ中岡に対して無警戒ということはなかったはずです。おそらくさきに切りつけた中岡の剣が、竜馬に致命傷を与え、竜馬さんも必死の反撃をせずにはおかなかったでしょう。これは土佐藩、とくに討幕決起派の陸援隊にとっては、予想外の結果だったでしょう。

竜馬さんは即死同然です。わずかに息のあった中岡を、駆けつけた土佐藩士たちが口封じをし、ふたりが暗殺被害者であるむねを捏造したと思われます。ちなみに真相を知った藤吉を生きたまま

逃すはずもありません。」（由）

由吉の推断は大胆である。しかしリアルだ。諭吉を納得させるものがある。そうならば竜馬暗殺については、これから公然であれ、隠然であれ、他に語ることを封印しなければ、わが身も危ない。諭吉にはそう確信できる。

「きみが竜馬暗殺の真相に関して下した推断を、だれかに語らなければならないと感じているだろうか？　ここは重要なので、率直に答えてほしいのだ。」

諭吉がこう問うことを予想していたかのように、由吉ははっきりした口調で、答える。

「ありません。『墓場までもってゆく』という言葉がありますが、そのようにします。おそらく、西郷や桂ばかりでなく、土佐の藩旗を掲げた「同志」の後藤や中岡がいつか自分に刃を向けて来るという危険を、竜馬さんは察知していたにちがいありません。中岡に斬りつけられ、避けきれなかったとき、やはりそうか、予感は当たった、と思ったでしょう。死を前にした、こういう寂しいというか、憤怒を超えた運命を受け入れる感情を竜馬さんが抱いたのだ、と今回の探索で実感できたと思うと、これだけで十分だと思います。探索のかいがありました。」

由吉のような共感能力はおのれにはないと感じつつ、この夜の酒に底知れず深く深く酔いしれてゆく自分の姿を、諭吉はゆっくりと追っている。由吉も特大の湯呑みでぐんぐん酒をあおっている。

事件簿6　偽版探索の巻

1　由吉由来

諭吉にとって多事多難だった慶応三年（1867）が終わった。

翌四年の正月はじめ、由吉がいつもとちがったさっぱりした着衣で諭吉の部屋に顔を出す。

諭吉は暮れも正月もない忙しさである。由吉の出立ちとおのれのよれよれの普段着を比べてみて、苦笑いせざるをえない。ただし由吉のは、馬子にも衣装ではないが、じつにぴしっと決まっている。

とりわけ諭吉を忙しくさせたのは、『西洋事情』が予想を何倍も超えた売れ行きと好評さだったので、すぐに続編（二編）をと思っていた予定を変えて、新たな切り口で外編を出版しようと思い立ったからだ。

外編は、本当の意味で著述家福沢の処女作である、と自負をもっていえる作品になった。その原稿が昨年の暮れも押し詰まって仕上がったばかりである。気分的には一息ついて正月を迎えたいところだったが、世の中はきな臭く騒然としている。正月気分にはなかなかなれなかったところに、由吉の登場であった。

「おや珍しいね。わざわざ福沢村からお出ましのお年始かい。ご苦労さんだね。」

言葉は軽やかだが、由吉の顔を見ると、喜びと悲しみが半々、竜馬暗殺のことが目前に浮かび上がるのをおさえることができずに、トーンはいたって低くなる。

「いえ、年末から今日まで江戸に留まったままです。めでたい正月にする話じゃないのですが、昨年の十月なかばに祖父が亡くなって、祖父の家の墓が雑司ヶ谷村のほうにあるものですから、あれこれやることがありました。」

諭吉にははじめて聞く話である。由吉も、渡し船頭をなりわいとしているその祖父も、もともと上州の出だと思ってきた。

「それはご愁傷なことだったね。そんなことだったとは露知らず、京なぞに行ってもらって申し訳ないことをした。」

「いえ、わたしのほうからむしろ買って出たことです。先生が、行くのはよせとおっしゃっても、行って事の真相のカケラでも拾ってきたいというのが、わたしの当初からの思いでした。それがかなったのです。不平や不満があろうはずもありません。」

「おじいさんの親類縁者は雑司ヶ谷近辺に在住しているのかい。」

「いえ、祖父はもうとっくの昔に村を飛び出し、気ままな暮らしをしていたそうで、完全に音信を断っていたようです。上州福沢に根づいたのは、わたしが生まれるずっと前だったそうで、祖父もじつはわたしの本当の祖父ではありません。」

　またまた意外なことである。

　由吉は三歳の時、父とともに福沢村に流れてきた。そのとき、死別したのか離別したのか、すでに母はいなかった。父は、元磐城棚倉藩小笠原家に剣で仕えたれっきとした武士の子だった。ところが小笠原家が肥前唐津へ移封になったとき、由吉の本当の祖父は暇ごいをし、剣で立つべく江戸に出たのである。由吉の祖父と父のストーリーは、いま江戸でときめく玄武館北辰一刀流の千葉周作父子の出自と似ていなくもない。

　祖父が家門を捨てて江戸に出たときは、まさに剣術ブームが巻き起ころうとしていたときで、すでに若き千葉周作（北辰一刀流）や斉藤弥九郎（神道無念流）が活躍しだしていた。この激戦区の中にぽっと出でパトロンもいない祖父が割り込む隙間はなかった。若いときからその剣が天狗の再来と謳われ、田舎者に特徴的な自尊心の塊とでもいうべきものをもってしまった祖父には、新たに名望家の師に弟子入りして剣技を磨き直すという生き方を選ぶことはできなかった。

　祖父はおのれの果たしえなかった夢を由吉の父に託したが、町屋の娘とのあいだに生まれた父がそんな「夢」などにつきあう気持はさらさら持ち合わせていなかった。二十三歳の時、祖父と別れ江戸を離れた父は、流れ流れた末に三歳の由吉を連れて福沢村に流れ着いたのが嘉永元年（１８４８）である。そのときすでに父は回復不能な病に罹っており、たまたま乗り合わせた渡しの船で倒れ、そのまま舟頭の家に転がり込んだまま病の床に身を横たえた。三歳の息子の行方を哀れみ、父の最期を看取ったのが渡し船頭で、こんにちまで祖父となったその人である。

そんな由吉の生き方を根本から変えたのは、江戸から流れてきて福沢村で私塾を開いた浪人、岡雪道に出会い、その門に入ったことである。

九歳だったが、由吉はすでに丈は五尺三寸（百六十センチ）を超えていた。朝は素読を中心にした「学問」を、夕方からマンツーマンで剣術を主体とした天真流武術を必死で学んだ。師は厳しいがゆったりとやさしく包み込むように教える。弟子のほうはしゃにむに寸刻を争うような熱心さで習いおぼえようとする。そんな毎日がまるまる七年続き、師は父と同じ病でなくなったのである。由吉十六歳で、祖父や私塾生徒の父母とともに静かだが、ていねいなお見送りをすることができた。

船頭の祖父は、忙しいときには由吉に助を求めることがあったが、由吉の思うがままに勉学と武術修行を許してくれた。

「いずれ、おまえは侍になるのかー。」

と嘆息するようにいうことがあったが、それは侍になることをはなから拒絶するような言い方ではなかった。船頭の祖父も、父も、恩師も、すべて江戸を見かぎって上州の僻村まで流れてきた人間である。祖父も、墓を預かる雑司ヶ谷の寺まで行ってはじめてわかったことだが、侍の出だった。江戸を見かぎったといったが、江戸に見かぎられたというべきだろう。

だが江戸を見かぎってはじめて、江戸のにおい、人いきれ、うるさくややっこしい人間の結びつきが無性に懐かしくなる。その濃密な臭いが恋しくなる。口に強く出すことはなかったが、この三人も例外ではなかった。

父は、最後にいった。

「おまえはこれから独りで生きなければならない。だがよく人を頼りなさい。頼ってたよって、だが頼りがいのある人間になりなさい。」

師は最後にいった。

「お前にはわたしが教えることができるすべてを教えた。しかし文も武もこれからが本番である。できるならいい師を見つけて、しっかり学びなさい。いつかそれを実地に使わなければならない時機がかならず到来するだろう。」

祖父は最後にいった。苦しい息の根のなかではあったが、口調ははっきりしている。

「由吉が福沢を出て行くときがきた。行って、なすべきをおこないなさい。なに、すでにはじめているだろうから、なんの心配なぞあるまいが。」

三人とも、同じ一つのことをいっているように思える。独りで立ち、頼るべき人の所へ行き、よく学びつつ力を尽くしなさい、である。

「わたしは先生のところへ、来るべくして来た、と思えました。最初の出会いからです。きっかけを与えてくれたのは松木先生ですが、誰かに指示されて来ているわけではありません。来て、先生を知り、何度か来て、竜馬さんを知り、またあらためて先生を知りなおし、というぐあいにして、なによりもおのれ自身を知ることができるきっかけを与えられたように思います。」

諭吉は少し言葉をはさまずにはおられなくなる。

「ということは、口はばったい言い方になるが、きみがわたしの生徒、弟子になったと思っていいんだね。」

「はい、正式の塾生というわけにはいかないでしょうが、今日から先生の弟子にしてください。お願いします。」

由吉は、きちんと正座して、深々と頭を下げる。

「きみがわたしの弟子になるとして、きみにわたしが何を教えることができるだろうか。たとえば英語を学ぼうという気持ちはおありか。」

「もちろんあります。恥ずかしいかぎりですが、すでにはじめています。しかしわたしがいちばん学びたいのは、もって回った言い方に聞こえるかもしれませんが、福沢諭吉という人間です。」

「おいおい、わたしを学ぶったって、このわたしという人間はこすっからく小心者だよ。とても真似したり、学んだりすべきような人間じゃない。」

由吉はすこぶる嬉しそうである。

「こすっからくて小心者」という先生の表現はまさにぴたっと当たっている。「攘夷」のテロに戦々恐々とし、渡米中には本の選定作業に手数料をよこせと上役に毒ついている。同時に、先生は攘夷の嵐の中でも英語塾に火を灯し続け、『西洋事情』刊行の熱を失わなかった。日本と日本人を「文明開化」する先頭に立つためにである。

この出版で先生は巨額の金を儲けたとやっかむ人がいる。しかし出版にこぎつけるまで、どれほどの労力（エネルギー）と費用（マネイ）となによりも情熱が必要だったろうか。しかもこの本がベストセラーになるなどとは、先生はもちろん、まわりの誰一人として、最初から望んでもいなかったし、望みうるはずもなかったのだ。先生の成功を羨む者は、原因と結果を取り違えている。

諭吉は立ちあがり、しばらく部屋から姿を消した。やや時を経て、服装を改め、髭も剃ったさっぱりした姿で現れたのである。右手には徳利、左手にはお猪口といういつもの出で立ちではあったが。

「あらためて乾杯といこう。昨年の厄払いをというわけじゃないが、今年は一つ陽気に行きたいね。手はじめに、土地の手当が付いたので、まったく新しく自前の学塾を建てる。新塾の名も決めてある。『慶応義塾』だ。なかなかいいと思わないか。」

由吉は無言で賛意を表し、猪口を高々と掲げていっきに飲み干す。

「義塾とは、イギリスのパブリック・スクールのことだ。」

「先生、わたしに新塾建設の手伝いをさせてください。当分福沢村に帰らないし、帰る必要もありません。この江戸もいつ戦になっても仕方がないご時世で、大工や職人も浮き足だって、建築どころの騒ぎじゃないでしょう。人手はいくらあっても足りません。」

諭吉は何かこう急に浮き浮きしはじめている。

昨年末、夜半、由吉が京から戻った翌日、かねて交渉中の新銭座にある有馬家中屋敷を買い取ったが、四百坪の敷地には古い長屋と土蔵が一つずつあるだけで、空き地同然だった。なにもかも新しくしなくてはならない。人手はいくらあっても足りない。しかも金には余裕がない。だから由吉の申し出は百人力を得たように心強く感じるのだ。

「ところできみがお師匠から学んだという天真流というのは、弘安さんが修練した天真流と同じ流派なのだろうか。」

上機嫌も手伝って、諭吉は急に話題を変えた。一度聞いておきたかったのが、由吉の剣術のことである。

「同じだと思います。松木先生が利根の河原で抜き放つ居合の圧力は、わたしが手ずから教わったものと同じだと思います。ただ天真流というのは、居合を中心とした剣法だけのことではありません。

わたしの師岡雪道は、江戸で岡雪斎に天真流を学んだそうです。天真流は比較的新しい流派で、福岡藩の藤田長助麓憲貞（天保十年没）が流祖で、岡雪斎がどのような経緯で天真流につながったのか、わたしの知るところではありませんが、薩摩に流れていって松木先生が修得した天真流抜刀術は、この雪斎の教えに発するそうだということを、松木先生自身からお聞きし、驚いたところでした。」

「それでは、弘安さんとお前さんは同じ血を引く剣兄弟ということになるのかな。」

由吉は猪口をもつ手を止めたまま微笑み、ほんのりと赤くなった頬をすぼめて見せる。

「弘安は、ヨーロッパ旅行中、わたしや五代才助と同じように文弱とみなされ、仲間内からなかば軽蔑のまなざしで見られていたが、何せ武の薩摩である。能ある鷹は爪をかくすのたとえではないかと疑っていたが、その通りだった。」

弘安、諭吉、才助三人に共通するのは、もはや剣の時代ではないという認識である。剣術は心得ても、使わない、使うべきではないと考えている。この点では竜馬も同じだろう。

だが諭吉が二回目の渡米を終えるまで、三人とも、「武より文」という「文明開化」派ではなかったことにも注目する必要がある。のちの大阪商工会議所会頭として西の経済を牛耳った五代（友厚）も、外務卿として外交のトップに立った松木（寺島宗則）も、そしてジャーナリズムのトップを走った諭吉も、「文明開化＝富国強兵」を疑っていなかった。

「先生は家督を受け継いだのち、借金を返済するためにお父上の刀剣をすべて売却したそうですが、本当でしょうか。」

「ま、わたしのなかには『刀は武士の魂だ』などという考えはまるでない。刀は人斬り包丁であり、せいぜいよくて身を護る道具だろう。」

　由吉は少し挑むような表情で迫ってくる。

「先生は刀を差すだけでなく、居合にはそうとう自信がおありと聞きましたが。」

「やはりそう来るか。中津藩にいたときだから、わりと早い時期に師について正式に立身流(たつみりゅう)抜刀術を習い、おりにふれて居合の稽古をしてきたことは事実だ。

　しかし今も昔も、抜刀は徹頭徹尾護身のためで、もっといえば体育(フィジカル・カルチアー)のためである。したがって特定の人に向かって抜刀を仕掛けたことはない。」

「松木先生がおっしゃるには、居合は精神集中、修養のためにとてもいいそうです。しかし、お二人とも剣で襲撃されたら、何でどう跳ね返しますか。」

「残念ながらというべきか、幸運だというべきか、何度も暗殺や襲撃の危険に出会ったことは事実だ。その都度、慎重の上にも慎重を期したので、相手にも剣を抜かせず、自分でも剣を抜かなくてすんだ。

　そういう由吉は、何度も剣を抜いているね。わたしの目の前でも剣技をたっぷりと見せてくれたことがある。あの日田でだ。おそらく竜馬のためにも剣を抜いているんじゃないの。」

　ここで由吉は遠くに視線をやる素振りで諭吉から目をそらしながら、きっぱりという。

「たしかに相手が剣を抜けば、剣で応じます。これには言い訳はきかないでしょう。しかし竜馬さんに『殺してはいけない』と一言いわれて以来、剣は抜かず、抜いても致命傷を与えないやりかたを守っています。」

諭吉がもう半歩由吉を追い詰める。

「しかしきみは根っからの剣客だろう。そのように仕込まれ、みずからも仕込んできた。きみより数段腕の劣る相手ならまだしも、きみと同等、いや上等の腕を相手にした場合は、切る切らないなどという選択肢はもはや吹っ飛んでしまう。相手を全力で断ち割る、ときに肉を切らして骨を断つ仕儀におよばなければ、生き延びることなどできなかろう。」

「同じことは先生にもいえませんか。まだ抜いたことはない。抜く羽目に陥らないために全力を尽くす。これはわかります。しかし当人の思惑を超えることが、いつ、どんなときに飛び出すか、これは誰にもわかりません。」

暗雲の中におのずとすーっと入っていってしまう由吉と、暗雲を可能なかぎりやり過ごそうとする諭吉との剣の談義は、何度交わっても接することがない。

由吉がしんみりした声を出した。

「もし竜馬さんが、近江屋で先生くらいの気合いで相手に接していれば、けっして惨殺されるような羽目にはあわなかったと思います。わたしが暗闇のなかから、灯ひとつない近江屋の二階をじっと眺め続けていたのは、拳を振り上げて竜馬さんに抗議していたのだといまにして気がつきました。」

「ま、それは言い過ぎかもしれないが、わたしが竜馬だったなら、あんな危険な場所にむざむざ殺されに行くことはなかったと断言できる。しかしわたしがプロの暗殺者たちに狙われたら、もうこれは防ぎようがないだろう。きみがいうように、こちらもプロの護衛を雇わなくてはならない。その点竜馬は多少剣ができたからな。」

由吉が身を乗り出す。

「弟子のわたしをまず護衛係に指名ください。きっと……」

こういったきり由吉が猪口を持ったまま横転する。どーんという音が家中に鳴り響いた。

ビックリして諭吉の妻錦が駆けつけてくる。手には半盛りの肴が入った皿を抱えていた。部屋に入るなり、いつもは静かな由吉が横に伸びてごうごうと寝息を立てているのを認めることができた。

「おやおや、肴ができない前に、かわいそうに酔いつぶれて……。」

由吉と妻の二人を交互にぼんやり眺めている諭吉の目つきも、日頃「酔うなら飲むな」と豪語しているにもかかわらず、なにやらあやしい。

由吉にぴったりの警固の役は三月になってからやってきた。

諭吉を洋学世界に出してくれた最初の恩人が大坂の蘭学塾、適塾の緒方洪庵だとするなら、文字通り西洋世界に出してくれた最大の恩人は木村兵庫頭（摂津守改め）善毅である。

木村善毅は、一八三〇年生、代々浜御殿奉行を務める旗本木村家二百俵取りの嫡男として生まれた。咸臨丸で提督として渡米したときの艦長が勝海舟であったが、海舟より七歳年下である。四二年十三歳で浜奉行見習の役に就いたとき、父が七歳さばを読んでいたそうで、経歴を見るとずっと海軍畑を歩いてきたこともあって、ことのほか出世が速い。

五六年、目付となり長崎表取締に任じられ、翌年から開設された幕府海軍伝習所取締になり、五九年軍艦奉行並、直後遣米使節副使を拝命すると、軍艦奉行、翌六〇年には咸臨丸の提督として渡米する。このとき諭吉は木村軍艦奉行に直談判におよび、従者として日本最初の渡米団の一員に加わることができた。（ちなみに木村と諭吉の年齢差はわずか四歳にしかすぎなかった。）

翌六一年帰国して、海陸御備向、軍制取調となり、日本海軍創立の立役者の任を帯びたが、激変期である。同じ開国派だといっても、「小栗が浮かべば勝が沈み、勝が浮かべば小栗が沈む」というように、小栗とつねに行をともにする木村にも浮沈があった。六五年十一月いったん軍艦奉行を罷免されるも、翌六六年七月に軍艦奉行並、慶応三年（１８６７）には軍艦奉行に再任され、慶応四年（１８６８）瓦解寸前の幕府で、二月海軍所頭取、三月には勘定奉行勝手掛を兼任し、幕府最後の屋台骨を担うといったら格好はいいが、勝海舟とともに敗戦処理班の一人であったのだ。

諭吉はすでに幕府による文明開化の幻想を捨てている。幕臣であることにも見切りをつけ、著述と塾経営を軌道に乗せるべく、独立独歩、私立活計の道を模索し、その第一歩として新塾建設に汗を流していたときである。

しかし木村との長きにわたる個人的（パーソナル）な、人格（パーソン）でつながる特別な関係からだけでなく、諭吉のようなにわか仕込みの幕臣とは異質な、最後まで幕府を見捨てない生粋の幕臣木村のまっすぐな生き方に共感できるのである。

その木村が刺客に狙われるという風説が立った。

ひとつは幕府内主戦派からの刺客である。

幕府で主戦派の急先鋒であり、木村の盟友でもあった小栗忠順はすでに慶応四年一月十五日に罷免されている。小栗のあとを襲って（と見える）あらたに勘定奉行に就いた木村は、一見すると、小栗と袂を分かった「二心者」のようでもある。しかしそうだろうか。

「徳川慶喜に、薩長と戦う意思がない以上、大義名分のない戦いはしない。」

こう小栗は、下野してのち、幕軍を率いて決起するよう主戦派の面々に懇請されたときに、答えたのである。主戦論を主張して慶喜に拒絶、罷免されたとはいえ、これが幕臣小栗の変わらない徳川家に対する節義である。最後の勘定奉行に任じられた木村もまた、徳川慶喜の意思にもとづいてその任を全うする、つまりは敗戦処理役をたんたんとおこなうことが節義だと考えている。

だがいつの世にもものの見えない人間はいるものだ。

「戦わずして白旗を揚げる奴は許せない、裏切り者は斬る。」

という輩である。

いまひとつは、国論が「開国」と決まっても、まだまだ根強く生き残っている攘夷派の刺客だ。一月には備前岡山藩兵と外国兵が衝突する神戸事件、二月にはフランス軍艦の乗組員が殺傷される堺事件が起きている。イギリス公使パークスも刺客に襲われた。

「幕府を、ひいてはわが国を瓦解に導くのは夷狄である。その夷狄をこの国に引き入れたのは幕府開国派である。ともに斬れ。」

というのが攘夷派の変わることのない「正義」であった。

さらに錦の御旗を掲げて一気に江戸に迫りくる官軍が差し向ける刺客だ。

西郷率いる官軍本隊の斥候、密偵が続々と江戸に先乗りしている。江戸を戦場にするか、無血降伏で行くかにかかわらず、

「幕府内主戦派は速やかに処理するがいい。」

ということになる。すぐのちに隠居して上野国に隠棲していた小栗忠順が官軍に強制連行され、釈明の機会も与えられぬまま近くの河原で斬首にあっている。これなどは官軍幹部黙許による幕府主戦派「暗殺」同然の所業だった。当然、「主戦」派で勘定奉行の木村兵庫頭善毅にも官軍刺客の手が伸びていたと見ていい。

しかし、当面、直接にもっとも手が焼けるのは、戦局定まらない江戸の大混乱につけ込んで、良家に押し入って金品はおろかときに命を奪うことも躊躇しない夜盗、火付け強盗の類である。

「切り取り勝手次第。」

この風潮に帆を張る連中だ。

木村邸がいちばん警戒し、怖れていたのはこの最後のグループであった。勘定奉行の要職である。本来ならば警護の兵士がつくはずが、いまや空き家も同然の江戸城である。旗本はじめ、侍の身にある者のほとんどが自分とその家族の安全を図るだけでやっとである。

「手がなくて、物騒極まりない。」

とつい木村兵庫頭が諭吉に漏らしてしまった。


諭吉が前年の末に購入した新塾建設中の旧有馬家中屋敷は、木村邸の隣、上田邸から道をはさんだ南にある。そもそも新塾用地はともに咸臨丸で大海を渡った木村の用人、大橋栄次の斡旋であった。

諭吉は木村の難儀を聞いた以上は黙って見過ごすことはできない。

「木村さん、あなたの邸の一室を、お貸しください。新塾が未完成のために塾生が仮寝所に借り受けるという名目でいかがですか。どうせ塾生は剣の腕はからっきしでしょうが、ひとりかっこうの者がいます。」

こうして、由吉は諭吉ならぬ木村家の用心棒になった。

木村邸には隠居した善毅の両親の他、妻の弥重、上から浩吉、利子、清、駿吉の四人の子がいる。

いつも和気藹々と華やいだ雰囲気の一家である。由吉は子どもたちのかっこうの遊び相手にさせられた。ところが幕府高官である木村家の雰囲気に、由吉はすぐにとけ込んでしまうのだから、不思議な元船頭見習いである。幸いにもさしたることも起きなかった。

幕府瓦解後、その木村は勘定奉行勝手掛の職を辞し、徳川家に仕えることも新政府に出仕することも断って、隠居を決め込んで介舟と名を改め、長らく一族が住みなれた新銭座の屋敷を売り払って、一家ともども多摩の府中に隠棲したのである。二十年になんなんとする諭吉とのつきあいがここで絶えてしまった。(ただし、木村は父親の死後、また江戸に出てきて諭吉との交誼を取り戻すまでに、それほどの時間を要していない。)

2 中津蘭学　父百助と奥平昌高公

慶応四年(1868)、由吉は諭吉を師とし、間近だが目立たないような形で常時仕えるようになった。建築中の安普請の校舎の片隅で二人が時折話しているのを遠くで見かけるだけならば、親子じゃないかと思えるほどよく似ており、楽しそうだ。ただし二人は一回り弱年が違うだけである。

「先生のお父上はたいそうな学者だったそうですね。」

「父は長く大坂勤めで、わたしが数えで三歳(満で一歳半)のとき急死したのだから、その顔も憶えていない。そのあとわたしが二十三のときに兄が急死したので家督を継がねばならなくなった。ただ学業なかばだったこともあって、母の許しを得て大坂の適塾に戻ることになったとき、借財を完済するために父のおびただしい蔵書を売却することにした。そのとき父がひとかどの学者であったことを実感させられたね。」

「どういう学者さんだったんですか。」

「純儒学者だ。師は究理学を得意とした日出(ひじ)の帆足万里(ほあしばんり)だったそうだが、中津にいたときも、二十一歳の時に兄に連れられ長崎に遊学して中津を離れてからも、自分一身のことにかまけて父の事績についてはまったく調べていないし、知らないも同然だろうな。」

諭吉は父の学問について関心が薄く、しかもそのことに忸怩(じくじ)たる想いを抱き続けてきた。

「調べていない」、「知らない」の底にあったものは、かならずしも父に対する無関心からだけではなかった。儒学者である、調べてもきっとたいしたものが見いだせないだろう。因循姑息な中津藩ではないか。能吏だったとはいえその下士にすぎない父であったのではないか。こういう抜きがたい感情があったのだ。

「じつのところ、父百助の学者ぶりについては、母や兄、それに父の中津の学問仲間で近江は水口(みなくち)藩の儒者として立つ中村栗園先生などの口から何度か聞いたことがある。だがただそれきりのことで終わってきた。ずっと気にはかかっている。」

このときはただこれきりのことで、さして話は先に進まなかった。しかし由吉はこの諭吉の短い述懐をまぢかに聞いて、「福沢諭吉」探索(リサーチ)をその父福沢百助探索から密かにはじめることに心決めしたのである。

諭吉は中津藩中屋敷にいたときから、中津は儒学の国で、蘭学、洋学の芽さえ育たない不毛の地であると常々塾生たちに語ってきた。

そうだろうか。由吉の疑問はまずここからはじまる。

というのも由吉の耳にさえ、杉田玄白とともに『解体新書』を訳・公刊したといわれる前野良沢（訳者として名は載っていない）が中津藩医であるということは聞こえていた。こんなていどのことはもちろん諭吉も知らぬ訳はなかったろう。

たとえ諭吉が良沢と中津藩とに深い関わりがあったことを承知していなかったとしても、幕末にたまたま友人の神田孝平が露天で見いだした手稿『蘭学事始』（著者杉田玄白が弟子の大槻玄沢に贈った親筆）の写しを読んで感激した諭吉自身が、明治元年（慶応四年1868）、この手稿を秘蔵していた遺族の居宅を尋ね、出版の許可をえて、明治二年正月に出版している。

たしかに由吉も、諭吉の供をして神田小川町の杉田邸を尋ねたことがあった。そのときも、往く道も還り道も中津藩の蘭学事始についてはもちろん、前野良沢のことにも触れることはなかった。何か特別な理由があるのだろうか。由吉の疑問の出所である。

中津奥平藩は十万石で中大名というところだ。外様の多い九州では禄高において大して目立ちはしなかったものの、譜代では同じ豊前国にある小倉小笠原十五万石に次ぐ家格の藩で、幕藩体制を支える重要な位置を占めてきた。

じつはこの奥平家、日本蘭学史では独特の光彩を放っているのだ。

杉田邸からの復路、新銭座に近づく頃あいをみはからって、由吉は思い切って話を切り出してみた。

「先生は杉田玄白さんだけでなく前野良沢さんもよくご存じですよね。」

「よくといえるかどうかは別として、もちろん知っている。私たち洋学派の大先輩だ。」

「前野さんが中津藩医だったこともご存じでしょう。」

「うん、たしか養子だったとは聞いたことがある。ただきみもよく知ってのとおり、わたしは小禄の部屋住だったので、出仕もせずほとんど学校に行かずにすごし、二十一のとき長崎に出たのが広い世の中を見た最初ということもあって、中津の江戸藩邸のことは無知に等しく、ほとんど興味の対象になったこともなかった。」

諭吉は二十一歳といったが、実数は十九年と二ヶ月にすぎない。中津藩の歴史について不案内であっても不思議はない。しかしことは前野良沢である。

「先生も、大坂の適塾では蘭医学を専攻なさいましたね。前野さんがはじめ古医方を学んでいたことはご存じでしょうか。」

諭吉は由吉の意外な質問というか、知識に驚きの表情を隠さず、足を止めた。

「古医方というのは、適塾の洪庵先生からその呼び方を聞いたことがあるだけで、内容はとんとわからない。」

「古医方というのは妙な呼び方ですが、伊藤仁斎・東涯親子がはじめた古学（古義学）に対応するもので、字義通りにいうと復古主義になりますが、事実をありのままに尊重する態度だと聞きました。」

「ほう、誰から教わったんだい。たしか東涯さんの弟子に青木昆陽さんがいて、前野先生は晩年の昆陽さんに蘭学を習っているはずだ。」

青木昆陽は、後年、「甘藷先生」で知られる学者だが、日本橋の魚屋の息子に生まれ、京の古義堂で伊藤東涯に儒学を学んで江戸に戻り、その才を大岡忠相に見いだされて薩摩芋御用掛となり、飢饉対策事業として薩摩芋栽培の試作と普及を命じられた。さらに御書物御用達等に転じ、評定所儒者となってオランダ語を習得、最後は書物奉行に進み、明和六年（１７６９）七十九歳のとき流感で亡くなった。

諭吉はもう驚いてはいない。前野良沢については何とはなしにあれこれと聞き知っていたことを、いま由吉に思い起こされたと気づいたからだ。知らなかったのではなく、忘れ去っていたのである。その記憶の糸がたぐり寄せられはじめた。

「中津から逃げ出そう逃げ出そうとしてきたわたしも、中津の人間なのかな。」

こういったときの諭吉の口調にはなにか嬉しそうな響きがともなった。

「わたしが少しだけ調べたところでは、
前野良沢は、江戸生まれで朱子学を批判して生まれた古義学の伊藤仁斎、古文辞学の荻生徂徠など古学派とともに台頭してきた古医方を学び、中津藩江戸詰医師、前野家の養子に入ります。

はじめ蘭学を青木昆陽に学び、明和七年（1770）中津奥平の三代藩主に長崎遊学を命じられ、蘭学のほかに『ターヘル・アナトミア』等々高価な蘭書を購入して、江戸に戻って一門を立てたそうです。」

由吉はここでずばっと、諭吉先生にいってみたかった。

……中津藩は蘭学の不毛の地などではありません。日本屈指の蘭学の揺籃地であり、蘭書の宝庫だったのです。

しかしおそらく先生はこの程度のことは知っておられるにちがいないと推断し、さらに続ける。

「中津は日本屈指の蘭学地であったという人がいますが、あくまでも江戸藩邸でのことで、それも中津五代藩主の昌高公の代に生まれた声価だそうです。」

「それはわたしも風説のような形で聞いたことがあるが、平藩士、ましてや下士のわたしたちにはほとんど知るところがなかった。

そういえばわたしがはじめて長崎に行ったのは、先に排斥を受け放逐された江戸詰家老だった若き日の奥平壱岐の従者という名目だった。壱岐も蘭学修行だったわけだ。」

中津五代藩主昌高は、薩摩二十五代藩主島津重豪（しげひで）の次男で、六歳で奥平家に養子に入った。島津重豪というとつとに「蘭癖大名」で有名で、薩摩藩が幕末に諸国雄藩の筆頭へと躍り出ることができたのは、重豪が推進した西洋近代化策があったればこそだという人がいる。あるいはその「蘭癖」はただの「道楽」であったやもしれない。だがその当否は別にして、大胆な政治・軍事・文治にわたる積極放漫財政は、家督を譲った後も止まず、藩財政をいちじるしく悪化させる結果を招いた。

重豪は、藩主を継いだ長男の斉宣が緊縮財政路線を敷くや、これを強引に隠居させ、孫の斉興を起用した。この孫が緊縮財政によって財政悪化を食い止めたのだから皮肉なことであった。

そんな重豪がもっとも愛したのは、曾孫の斉彬で、斉彬も曾祖父をまるで引き写したような「蘭癖」であった。ために、父の斉興と意見が合わず、正妻（将軍家斉の女）の子斉彬派と側室（お由羅）の子久光派との対立を契機に生じた島津藩を二分した「お由羅騒動」は、じつに積極政治経済の放漫財政vs政治経済のバランス重視の緊縮財政の対立をその根にもっていたのである。

中津五代藩主昌高は、父重豪の性格をそのまま引き継ぐ「蘭癖」の人であった。

「五代藩主の昌高公は、父の島津重豪とよく似た性格というか、言動までがまったく同じだったそうです。公はオランダ癖が高じて、シーボルトと交誼を結び、この蘭人と気ままにつきあうために、家督を譲ったというほど奔放で強引というか、わがままな性格の持ち主だったようです。

先生はなにかお聞き及びではないでしょうか。」

「このお方が亡くなったのはいつ、え、安政二年か、わたしが長崎を出奔して大坂に逐電する年だから、まったく接触のカケラすらなくって当然だった。」

「でも先生、島津の斉彬さんは知っておられるでしょう。」

「そりゃあ知っているさ。といってもわたしの薩長嫌いも知っているだろう。とくに殿様はね。開国派の旗頭といわれた斉彬だって、本心は攘夷派だよ。それに藩主の乱費は、わたしのような下士の台所に直接差し障りがあるのでね。」

「でも昌高公は、前野良沢の翻訳事業を継承したと聞きましたが。」

ここで諭吉は少し考える素振りを見せ、ふいに姿勢を変えて、暮れなずむ西の方を見やるようにして無言で由吉に背を向け、立ち去った。


中津藩公の「蘭癖」は、ひとつは藩の財政悪化を招き、藩士の「蘭学」に対する反感と憎悪を生む原因であったという思いが諭吉に強くあった。

その弊害は、蘭学を学びそれを広めようとする諭吉たち洋学派に、蘭学を普及拡大する推進力とはならず、むしろ大きな障害物として立ちはだかったのだ。

諭吉は、中津藩の殿様の蘭学好みが、結果として中津藩の蘭学ひいては洋学全般に対する拒否反応の引金になったにちがいないと確信してきた。

事実、諭吉が蘭学塾、後の英学塾を中津藩邸内で開くことになったとき、洋学に対する拒否反応より、むしろムダ使いをする殿様を好き勝手にさせている藩重役たちの無能、ひいてはそのお先棒を担いでいる洋学かぶれの諭吉に対する拒絶反応にちがいないと確信できた。

由吉は、諭吉の表には出せないほどぴりぴりした反応が、予想通りだったことになかば得心することができた。

……しかし、先生は、先生のお父上である百助様と五代藩主昌高公とのあいだに密なる関係があるとは思い及んでいないにちがいない。

次の日、諭吉は由吉を呼んで、新銭座の新校舎の建築場所からほど遠くない居酒屋に誘った。もちろん、こんなことははじめてである。

江戸は官軍と旧幕軍の一大決戦があるというので、ほとんどの店があわてて立ち退いたため火の消えたようになっているなかに、神明宮門前で煌々と灯りを照らしている居酒屋一軒がある。まわりがひっそりしているぶん、仰々しいほどに華やかめいている。

そこに諭吉が由吉をしたがえて暖簾をくぐったのはまさに暮れ六（六時）にさしかかるころである。

広い店内は、武士も町人姿も入れ込みで大盛況、大音響のさなかであった。

諭吉はすぐに熱燗を注文する。

「大徳利で！」

とひときわ声がでかい。酒が来ると、

「豆腐の煮付け！」

という具合で、その仕草にはどうも常連のように由吉には思えるほどこの大衆居酒屋の雰囲気に違和感がない。

諭吉は由吉に注ぐ暇も与えずぐいぐい手酌で飲みはじめた。

「由吉さんよ。昨日の続きだが、わたしはね、道楽を楽しむことには反対しないよ。しかし、部下の多くを塗炭の苦しみに追いやるような殿様の伊達や酔狂は好かないというか、許せないね。だからね、中津の先々代が、前野先生の翻訳事業や辞書編纂をお継ぎになったのは、それとしてすばらしいことのように思えるが、正直誉められたものじゃないね。」

「でも先生、原書は高いんでしょう。それを購入し、翻訳するのは、人手と費用がとてつもなくかかるんでしょう。殿様の道楽にすぎないというだけならいただけませんが、結果としては洋学発展の礎石になったんじゃないでしょうか。」

諭吉がちょっと鼻で笑ったように由吉には見えた。ずばりいう。

「わたしはね、原書購入も自力でやる。その翻訳や紹介もこれまた自力でやる。それがわたし流の文明開化の心意気というものだ。ま、貧乏人の思い上がりという者もいるが、わたしはそうは思っていない。」

諭吉は最初の渡米ではウェブスターの辞書一冊を買うのがやっとだったが、渡欧では支度金の内三百両ほど持参して大部分を洋書購入に使った。それもこれも洋書の翻訳・紹介を通じて幕府のひいてはこの国の「富国強兵」をはかることが文明開化の最短距離だと思えたからだ。

第二回目の渡米では、集めることができるかぎりの金五千両を為替で送り、おびただしい数の洋書を買うことができたが、その洋書が一時幕府の手で差し押さえられ、幕府による文明開化のコースという構想(アイディア)を断念する羽目に陥ったことを思い浮かべている。諭吉には洋書すなわち洋学と、幕府すなわち政府とを天秤で量るほどの極論を好んで張ることがあった。それほどの洋学に打ち込もうという心意気なのだ。

やはりいわなければなるまい。こう由吉は決断する。

「先生のお父上は、およそ大坂に足かけ十五年ほど在任するあいだ、何度も江戸に出ておられるのをご承知でしょうか。」

「父が、京や江戸に仕事のため何度も大坂の家を留守したことは、母や兄から聞いている。しかしお役目向きのほかになにか特別の用向があったのかい。」

諭吉のほうが、おのれの父の江戸くだりの仕事について、聞き役に回る妙な展開になっている。

「何度も、お殿様、ご隠居様から内証(内密)の用事をうけています。

お父上の用向きのお仕事は蔵元業務の監督でしたね。ですがじっさいの仕事は、蔵元両替商との借入、債務更新交渉でしょう。つまりは、ご隠居さんの蘭学道楽というか事業の資金調達の用向きで、江戸や京に頻繁に出向いていたことのようです。」

もちろん諭吉は父が最後は大坂蔵屋敷の留守居役代理という事実上の財務最高責任者になったことを兄から聞かされ、知っていた。身分は下士で低いが、財務官として能吏のゆえである。父が、大坂の仕事を辞して帰藩したいという願いを何度も出したが、そのつど聞き届けられなかったとも聞いていた。

ところが父が隠居（昌高）の内証とかかわっていたなどとは、驚きであった。財務を直接あずかる役目で、藩の緊縮財政と殿様の道楽の板挟みになっていたのである。父の急死はそんな多年にわたる気骨の折れる激務による過労死であったのか、とこのとき思い知った。

「お父上はご隠居の資金調達役として重用されました。蘭学道楽と前野良沢の翻訳を引き継ぐ中津藩内証の蘭学事業は、お父上の働きなしには不可能だったのではないでしょうか。わたしにはそれ以外は考えられません。」

「だがご隠居は父より長く生きたはずだ。お前さんのいうことは、父の死後、中津藩の蘭学事業が衰退していったこととピッタリ符合するね。」

諭吉は中津本藩で成長した。本藩の人たちのあいだで蘭学に対する嫌悪や偏見やはすさまじいばかりだった。そんななかでおのれが長崎で蘭学することができ、大坂に蘭学遊学できたのは、「砲術修行」という名目だったにせよ、蘭学修行の志願者が他にいなかったからだとばかり思ってきたのである。

ところが中津藩のトップが「蘭癖」で、蘭学振興のために莫大な藩財を私消していたとしたら、話は別になる。諭吉を従者にして長崎遊学した奥平壱岐が江戸詰家老にまで登ることができたのは、主家の一門に連なる名門のゆえもあるが、若き日の蘭学修行と関係があるのではなかろうか、とようやく気づかされたのだ。

「ところが、ご隠居様は、蘭学道楽から進んで、日本最初の和蘭事典を出版し、さらに中津藩に蘭学を根づかせるために、教育・人材育成事業に取りかかりました。ご隠居様が亡くなられたのは、たしか安政二年（１８５５）のことです。先生が長崎遊学を途中で断念され大坂に向かわれた年に当たります。」

「その教育・人材育成事業というのは、全体どんなものなんだね。」

諭吉が由吉に教えを請うていの格好になっている。

「ご隠居は、まず松代藩の佐久間象山を中津江戸藩邸に定期的に招き、洋式砲術ならびに調練を教授させます。この中津藩佐久間象山塾は、象山門下の吉田松陰が密航事件で捕縛され、それに連座した象山が逮捕されるにおよんで、停止されますが、江戸定府の中津藩邸の蘭学徒は最盛期に七十名を数えるほどになっています。」

「象山先生が中津藩にかかわりがあるとは聞いていた。が、蘭学塾だったとはね。それも隠居の『蘭癖』のおかげだったとは驚いた。わたしが江戸に来て蘭学塾を引き継いだとき、まったく火が消えたようなありさまだったのは、攘夷騒ぎのゆえだったと思っていたのだが……。」

「そうだと思います。でも中津藩蘭学塾はご存じの松木弘安先生、それに杉亨次先生によって引き継がれ、先生に至ったのです。杉先生は先生と適塾で同門でしたね。」

諭吉には、松木弘安に外国奉行翻訳方で会ったときも、ともに遣欧使節団に随行したときも、この中津藩蘭学塾のことについては話しあった記憶がない。が、たしかに諭吉を中津藩蘭学塾教師に推薦した岡見彦三（象山の弟子）が、先任者として松木や適塾で大先輩の杉の名をあげていたことをあらためて思い起こすことができた。

「つまり由吉がわたしに伝えたいのは、中津藩の蘭学が、わたしの父の楽屋裏の働きで隆盛になり、その学統が細々とではあれわたしの蘭塾、英塾の源流をなしているということだね。隠居の道楽からはじまった中津藩の蘭学が、父の裏方の支えもあって、わたしのいままさに立ちあがりつつある新塾の基（もとい）だったということだね。

つまるところ蘭癖をわたしが憎むのは二重の意味で筋違いというわけだ。」

「……」

ようやく由吉が自分の手で徳利を握り、酒を湯呑にたっぷり注いで、満足げに飲み干す場面になった。

「きみはどうやって調べたり、あるいは誰からこんなことを聞きだしたの。」

「とくにたいした手間ではなかったのです。古参藩士の何人かを、それと杉亨次先生を尋ねお聞きしただけです。」

ここで十分冷えてしまった豆腐の煮付けに気づき、二人とも箸をつける。味がしまっていた。うまいという表情を相手の顔に読み込んで、ともに満足げである。

この夜、諭吉も由吉もかなり飲んだ。断続的に寝泊まりしている建設中の新塾もまぢかだ。由吉はすっかり警戒心を解いて帰途につくことができると考えていた。

だが居酒屋を出てすぐにひとつの陰が後をついてくることに気がつく。それも別に逃げ隠れするわけでなく、大胆不敵にも二人に向かって急進してくるのだ。いかな不覚者でも気づかないわけにはいかない。

由吉は前方の闇を透かし見て、そこに危険がないと確認しつつ、諭吉に声をかける。

「先生、お先を急いでください！」

諭吉は、はっとしたが、たちどまらず振り向かず、すでに脱兎のごとく駆け出している。この人、逃げ足も速い。

由吉はゆっくり振り向いた。敵はすでに三間（五メートル余）ほどの距離に近づいている。はやばやと白刃を抜いて迫る相手に、三歩ほど後退し、迎撃の態勢をとった。相手はこれまでの誰よりも手強そうに思える。真剣で対峙しないと敵うまい、とみずからに言い聞かせた。

背丈は五尺四寸（一六〇センチ余）ほどだろうか、高くない。しかし腕が異常に長い上に、刃渡りが優に二尺六寸（七八センチメートル余）ほどもある長剣をきらめかせていっきに肉薄してきた。

由吉の体の真ん中めがけて飛び込むように突いてきた相手の最初の一撃を左真横に体を開いてかろうじて躱した由吉は、腰にひねりを入れずに抜き打ちざま敵の足を払う。相手はとっさに由吉が放った居合を察知したのか、右に飛んだ。

はじめて二人はたっぷり間合いをとって向かい合う。

「若いのに妙な剣を使うが、何流かな。わたしは北辰一刀流、である。」

相手は下段に構えをなおしつつ、悠然と言葉を掛ける。そうとうに自信があるのだろう。

由吉はこの問いには答えず、いつになくゆったりとした中段の構えをとっている。

わずかの時間だったが、二人にはよほど長く感じられただろう。両者が同時にうしろに飛びずさって、はじめて不動の姿勢を解き、静かに剣を鞘に収めた。年の頃なら四十に近い男の顔に笑みが浮かんでいる。

「きみは福沢諭吉の用心棒なのか。」

「用心棒でもあるが、先生に無体を働くなぞは許されませんよ。」

由吉はそう答えて、すぐに相手に背を向けその場を離れる。

「幕臣でありながら、福沢の文明開化というのが許せない。ただしまずはきみを始末しなければならぬらしい。」

由吉はそんな男の声を背にしながら、自然と小走りになる。同時にどっと冷や汗が出てきた。

相手の最初の突きは、由吉が想定したより神速とよぶにふさわしく、鋭く深かった。脇腹のほんの数ミリ横を相手の剣先がまっすぐ抜けていったのを肌身で感じたが、見えたわけではない。じっさいにはなんらの打撃も食わなかったのに、痛撃が胃の腑を抉り、ために全身に痙攣感が止まらないのである。初めての体験だ。

由吉はぐっと両足両手の先に力を込め中腰でひとつ気合いをいれ、丹田に全身の力を集中したまま数分立ち停まってみる。それでも痙攣の感は頭の芯の方まで達して、なおおさまらなかった。

3 偽版探索

『中外新聞』第十二号（慶応四年［1868］四月十日）に次のような記事が載った。

「福沢諭吉蔵板『西洋旅案内』の偽版を上方で『西洋事情後編』と名付けて売り出した者がいる。その名前住所をご存じの方は版元までお知らせください。偽版厳禁は万国共通である。ところが奸商でこの禁をたびたび犯す者が少なくない。このたびの制度ご一新の折である、この法律が厳正に行われることは、国内外の著述家の至願である。」

諭吉は慶応三年（1867）六月に二回目の渡米から戻ってすぐ、謹慎処分にあったが、幕臣の身を早急に捨てて自立自存（「私立活計」）する道を模索しつつあった。そういう諭吉を勇気づけたのは『西洋事情』(初編)が大いなる売れ行きを示したことである。

「この争乱だ。英語塾がビジネスになる見込みは当分立たないだろう。しかし、著述・出版の成功は、文明開化の道を断念せず、わが身の自立自存だけでなく塾が飛躍し独立採算の道を歩む元本にもなりうる。」

諭吉はこうおのれ自身を勇気づけることができた。

不幸中の幸いというべきか、渡米中に上官の命令を無視した咎で謹慎になった。自宅待機である。ために『西洋旅案内』を書き上げて出版する余裕ができ、続いて『條約十一国記』『西洋衣食住』を刊行し、慶応三年末には『西洋事情』外編を書き上げることができた。

ところが、世の中はせちがらくかつ狡猾にできている。売れる儲かるとなると、手段を選ばず「利」を漁る奸商はいるもので、諭吉本の偽版がつぎつぎと出版されはじめたのである。

偽版は諭吉お膝元の江戸ではばかられたものの、関西方面では臆面もなく出回った。これは諭吉が苦心惨憺して書き、出版した成果の一つである「利」を根こそぎかっさらう暴挙、強奪である。しかしわが国には著作権を守る商道(ビジネス・モラル)はもとより、法律や取締がないばかりか、こんな真っ昼間の盗賊手合いまで出てくるありさまだった。

「この冊子は昨秋江戸で出版された。ところが、当春の騒擾(そうじょう)、鳥羽伏見の戦いのためにいまだ弘まらず、両三冊流伝するのみだから、これを求めて一読し、現下のみなさんにも一読してもらいたく、取り急ぎ翻刻して蔵版した。」

これは慶応三年秋に出版された『條約十一国記』の偽版を堂々と「醍醐家蔵版」と名を入れて出版する「翻刻＝偽版」刊行の辞である。

「盗人にも三分の理がある」といわれるが、これはまさに「濡れ手に粟」の暴利をはかる破廉恥漢のやることである。盗みを恥じるところがないばかりか、盗みという自覚さえない。この「醍醐家」とは京でも名門中の名門なのだから、もし本当なら恐れ入る。

しかしそんなことで泣き寝入りする諭吉ではない。偽版（重版・翻刻＝翻訳書）に対する闘いは、著作権（私有権）を確保するビジネス上の戦いであるばかりでなく、万国共通の文明開化の戦いでもあるからだ。

さっそく由吉が呼ばれる。上方で横行する諭吉本の偽版実態を調査するためだ。

諭吉はいつもとはちがう固い口調で偽版の実態調査の項目を詳しく提示し、ときにくどくなるまで調査の必要性を説明する。

「ただし実態を調べるといっても、物騒な世の中だから、無理は禁物で、命のほどには十二分に気をつけてほしい。また、偽版の裏にはどんなカラクリが潜んでいるやもしれない。調査活動そのものが露見しないように、慎重にも慎重を期して行動してほしい。」

この諭吉の言葉に深く頷いた由吉は、その夜ただちに、旅装に改め、京、大阪に向けて出発した。

「一刻の遅れは千金の損失につながる。」

とまで諭吉は由吉に念を押したのだ。諭吉のビジネス哲学である。

京の春はすでに終わって、むしろ少々蒸し暑い。

旅装も解かず汗ばむなかを由吉がまず向かったのは、御所の西、烏丸通りと中立売通りが接するところに建つ醍醐家である。

醍醐家は江戸のはじめに創建された公家だ。若いが五摂家の一つである一条家の流れをくむ名家、清華家に属し、その九代当主が醍醐忠順(ただおき)で、幕末には権大納言にまで進み、反幕派と親幕派の中間に立って両派の調停役をはたした。息子の忠敬ともども戊辰戦争で旧幕軍残党追補、追撃に功があったことも手伝って、慶応四年(1868)一月には新政府大阪裁判所総督(同年五月に大阪府初代知事)になっている。

ここで裁判所とは、明治新政府が旧幕府直轄地においた地方行政機関で、総督はその長官である。(順次、府県と知事に移行していく。)大阪裁判所は各地に置かれた最初の裁判所だが、たとえば箱館裁判所のように旧幕軍の榎本軍政に実効支配されたため、実質的には機能していないところもあった。

醍醐家の門は、主人が大阪在府のためか、固く閉ざされたままで、人の出入りもほとんどなかった。昼と夜、由吉は各二度ほど屋敷内に潜入し、なかを伺ってみたが、小人数の生活者が出す音や光以外に漏れる不穏な気配はない。ここから偽版探索の情報をえるのは難しいと判断した由吉は、京の各書店を一つ一つを実地に訪ねてみることにした。探索だ。

堀川通りから今出川通りへかけて建ち並ぶ書店の壮観は、さすが江戸の初期にすでに商業出版、卸、販売をはじめた文化都市京都の名にふさわしい。宗都かつ学都にふさわしく仏書、経書（儒学書）専門店もあるが、世俗一般向けの文芸書（浮き世冊子や黄表紙）や教養書を各種揃えた総合店など、数十軒が覇を競っている。

福沢氏蔵版と銘打った『西洋事情』（初編）はもちろんたいていの書店に並んでいた。どの書店ででも、判で押したように、

「『西洋事情』はありますか。」

と尋ねてみる。驚いたことに、大きな書店になると『西洋事情』のコーナーがあるのだ。

しかも『西洋事情』は一種類ではない。題字や表紙がちがうもの、紙質がおそろしくばらばらなもの、もっと驚いたのは値がそれぞれ異なる明らかに偽版と思われるものがある。

「これは全部『西洋事情』ですか。」

と聞くと、どの店でも異口同音に、妙なことを聞く若者だという顔をして、

「そうどす。」

という答がかえってくる。

しかし『西洋事情次編』と書題（題簽）のあるものは、中身をめくると丸ごと『西洋旅案内』の偽版である。『西洋事情』の売れ行きにあやかろうという狡猾な商売だ。『西洋各国事情』（全六巻）は福沢著と題を打ちながら、判型がはっきり異なるだけでなく、中身も福沢本となんの関係のない、

まったくの紛いものまである。

由吉は諭吉に命じられたとおり、偽版と思われるものをすべて買い求めたが、あわせると偽版『西洋事情』だけでその値の総計が五両あまりになる。真版は三巻合わせて三分（四分の三両）なのだが、偽版は真版より安価だ。買いやすいということがあるのだろう、数軒で『西洋事情』を買う人を見かけたものの、だれもが決まったように最終的には偽版のほうに手を伸ばす。

ある店で客のひとりが、中身が『西洋旅案内』にすぎない『西洋事情次編』を手に取り、しげしげとなかみをたしかめ、いまにも買い求めそうに見えた。由吉はつい「それは偽版ですよ」と声をかけそうになる。

どの本も「官許」と記してある。「にせもの」呼ばわりすると明らかな営業妨害になるだろう。それよりも偽版探索を見破られ、諭吉が心配したように裏で大金が絡んだ大がかりな闇ビジネスの仕掛けがあるとしたら、かならず命を狙われる。そう思い直して、出そうになった声をぐっと飲み込んだ。

由吉は試みにざっと暗算してみる。

真版の『西洋事情』は三分である。たとえば偽版を二分で売ったとするか、千部売れれば五百両の売り上げにしかすぎないから、たいした儲けにならないだろう。だが一万部売れれば五千両、五万部売れば二万五千両の売り上げとなり、上木、刷り、製本、流通等にかかる諸経費を差し引いても、膨大な利益が一気に転がり込む勘定になる。なによりもベストセラーを偽版刷りするのだ。安直で、確実かつもっとも安全な利を約束するビジネスではないか。

京の宿は木屋町筋にとった。いつものように隠密の旅だが、買い物があり、それを江戸に送らなければならない。荷は書籍だから怪しまれるほどのことはないが、用心に越したことはない。木賃は避けた。それに竜馬が暗殺された近江屋、さらに土佐藩邸もまぢかである。それ以上に由吉が訪ねたい、訪ねなければならないと思っているところが近くにある。由吉にとって偽版探索の旅のもう一つの私的な隠れた理由だ。

昨慶応三年（1867）年末、竜馬暗殺の実情を京で探索した折である。河原町筋から西に入った小路の端にある木賃宿に戻る途中であった。闇夜である。土佐藩士と名乗る者たちに襲われた。とっさに枝道に入り待ち受けていた敵三人を痛打してなんなく逃れることができたが、その真っ暗ななかを疾走しながら目前に迫った丁字路を西（左）に曲がろうとして、なにものかに猛烈な勢いでぶつかりそうになったのである。後方の敵に意識を集中していたために生じたわずかな隙を突かれた恰好であったが、衝突を避けようとして体を縮め前方に低く身を投げ出していた。

「あっ！」

と叫ぶ鋭い小さな声を聞いたときには、石塀に激突していた。

意識は、ある。わずかのあいだ息が詰まったまま声が出ないだけだ。そう思ったときに、すぐにやわらかい小さな手が額の上におかれた。暖かいと感じたときには、手をはねのけ跳ね起きようとしている。だが、背骨が痙攣して自由に体が動かない。かろうじて体を丸めて衝撃を和らげたものの、したたか後頭部を打ったらしい。と、ここまではっきり意識があった。

「お気づきになりました⁉」

にぶい行灯の明かりを通して、女が由吉をのぞき込んでいる。若い匂いだ。

「……」

もう声は普通に出るようだ。目の前にいるのがどこの誰かもわからない。若い女の部屋に横になっているようなのである。首筋に鈍痛が残っている。

「ここはわたしが借りている部屋ですから、ご遠慮は無用ですよ。」

由吉は一刻（二時間）あまりも気を失ったままだったらしい。

壁に激突し、ほとんど意識がないままふらふらと立ち上がり自分の足で歩くことはできたが、目も腰も定まらない。女の手でようやくこの部屋にたどり着き、横になったとたん、気を失ったらしいのだ。

女は幸（こう）と名のった。

眠られないまま未明を迎えて、由吉は一言深く礼を述べ、古いしもた屋を改造した娘の部屋から木賃に戻った。

由吉はこの夜の一件に後ろ髪を引かれる思いを断ち切ることができない。一瞬の偶発事にはちがいない。だが竜馬の死と背中合わせの出来事でもある。どうしてもそこに必然を重ね合わせてしまうのだ。もう一度会いたい。あらためて介抱の礼だけでもしなくては。そう強く思えた。

次の夜、いつもより早く探索を終えた。幸のくだんの家に足が向いている。もう妙なこだわりは消えていた。でも小さく声をかけたが、不在だ。半刻ほど待ってみたものの、戻ってくる気配は見えない。仕方ない。木賃へ帰ろうとして、くだんの丁字路にやってきたときである。

薄闇のなかから人のもみ合う声が聞こえてきた。一つは女の、いな幸の小さいが鋭い声のようである。

「これ以上無理を仕掛けますと、大きな声をあげますよ！」

由吉は駆け出している。すぐに低い声が聞こえる。

「あげられるものなら、あげてみな。ならばどうなるか承知の上なんだな。おい小娘。」

酔って濁った声が間近になる。無言のまま近づいた由吉は黒い背を向けたひとりの脇腹に強烈なけりを入れた。相手は声を上げることもできないまま横に吹っ飛ぶ。残りの三人がぎくりとして幸の体から手を離し、まぢかに立つ由吉の影をようやく認めたようだ。

しかしそのときは、手に刃物を握る暇も与えられぬまま、ひとりはあごを蹴り上げられ、ひとりは腹に正拳をぶち込まれ、三人目は足を払われて、暗闇のなかに横転したままぴくりともしない。

天真流が瞬時に繰り出す怒りの体術で、容赦はみじんもなかった。

由吉は素足のままの幸を両の手で素早く抱え、ゆっくり走る。男四人の体が立ち上がる気遣いはなかった。

細い幸の体は棒のように固い。両手で由吉の袖口を握りしめている。すぐに幸の部屋に戻り着いたが、しばらくは由吉にしがみついたまま震える幸を抱え立ち竦くまなければならなかった。軽い幸の小さな体の奥から、どくんどくんという拍動が由吉の体に伝わってくる。

ようやく震えがおさまった幸をいったん下に降ろした由吉は、深く強く抱きしめ直す衝動をとめることはできなかった。

「苦しい、由吉さん！」

一言幸は小さく発したが、その細い腕は由吉の袖口を握ったまま離さない。

この夜から三日間、由吉は幸と夜をともにし、探索の任を終え、江戸に戻ってきたのである。もちろん福沢村のこと、由吉が寄宿する福沢諭吉の所在を知らせることを忘れなかった。

「必ず京に戻る！　それまで、もしなにか難儀が起これば、福沢先生のところに知らせをくれればいい。きっとだ！」

いま、この幸のところを由吉は訪ねようとしている。短いが激しい出会いと、辛い別れからもうずいぶん時がすぎたように感じられるが、まだ四月ほどしかたっていない。京に着いてすぐにも幸のところを訪ねようと考えたが、まずは任務である。それも諭吉先生の難儀にかかわる大事な探索の旅できたのだ。ひとまず京での仕事に目鼻をつけてからという思いが強くあった。

予想以上に早く京での目的はほぼ達せられたという晴れ晴れとした気持ちで幸に会えると心が弾んでいる。ところが息咳き込んで駆けつけた幸の部屋はきれいさっぱり片付けられており、隣の住人に聞いてもいつ引き払ったのかも含めて、詳しいことはなにもわからない。幸が勤め先の飲み屋は教えられていた。それほど遠くない。

すぐに出向いた。まだ店が開かない仕込み時間である。土地のものではないと一見してわかる由吉の言葉つかいに、飲み屋の主人にいったんは警戒されたが、熱意が伝わったのか、それとも由吉の風体と言葉に好感をもたれたのか、

「幸は体調を崩して郷里の能勢村にいったん帰ったよ。」

言葉は短いがていねいな対応である。それも幸が京を離れたのはつい三日前のことで、由吉が着いた日とちょうど同じであった。

由吉は店主が教えてくれた能勢村に、その足で向かう。出がけに宿代はすませてきた。

「体調を崩した」とはどういうことだろう、店主に詳しく聞けばよかったが、いずれにしろ実家にいるにちがいない。理由はすぐにわかる、とみずからに言い聞かせて疾風のごとく京を駆け抜けてゆく。

能勢村は、多田源氏の流れをくむ旗本の能勢氏が領している地域で、摂津（大阪府）の最北にある山林業を主たるなりわいとする「高地」の僻村である。

京から能勢へは亀岡をへて野間峠を越えて入るのが至近距離だと聞いた。が、由吉には未知の行程だ。安全策をとって、かつて諭吉と追跡者をまいて諭吉の郷里中津に向かうとき通過したことのある西国街道をとり、池田から能勢街道へと抜けることにした。

この能勢、二百～五百メートルをこえる台地状の山地で、日蓮宗能勢妙見堂のある霊山、妙見山を南にいただく村だ。直線で結ぶと京から七里（28キロ）余りだが、いわゆる「秘境」の一つに数えられている。出入り口が少ない。安全な道を取ると、由吉の足でも京からゆうに二日ほどはかかる。

うかつなことに、由吉は幸と将来を誓い合ったのに、幸の苗字を、あるのかないのかを含めて、聞いていなかったのだった。もっとも由吉にも苗字はなかったというか、福沢（村の）由吉と称している。だからあのときは由吉と幸だけでよかった。

徹夜で歩いた。「帰心矢の如し」ではないが、西国街道の分岐点、能勢への入り口でもある池田から、東北に方向を取り、深く霧に閉ざされた能勢への一本道をたどって妙見口にある茶店についたのは、翌日の昼どきだった。そこでようやくにぎりめしにありつくことができた。由吉はていねいに身分を明かし、

「たしか、京に出稼ぎに行っていて、つい最近能勢村に戻った名前は幸という若い女の家を探して

いるのですが。」

と単刀直入に聞いてみる。江戸ならこの程度で目指す相手にたどり着けたら神仏の加護と思っていいだろう。しかしここは能勢である。福沢村と同じようにすぐに身元がわかった。大欅(けやき)が目印で、茶店からさほどに遠くない。

茅葺きの家が点在している。めざす家の近くにたどり着いたのではと思えたとき、由吉の目に飛び込んできたのは、数人の男に混じって畑に積み上げられた枯れ草を焼く小さな幸の野良着姿である。その光景をじっとみつめている旅装の由吉に、なかのひとりが気づいたのか、幸に声をかけている。

幸が振り向いて由吉を認める。由吉は煙が真っ黒になって立ちのぼっている畑のなかへとぐんぐん進んでゆき、仕事の輪のなかに入っていく。

「由吉さん、どうして！」

由吉はむせるほどの煙に巻かれながら、じっと幸をみつめている。由吉がいるいまのこの世界には幸しか見えない。男たちが視線を外すほど強いエネルギーを発散している。

その夜、由吉は、幸の兄夫婦と三人の弟たちに囲まれて、夕餉の席に着いていた。

由吉は一通り自分の身もとを明かした。ただし剣術筋のことは幸にも伏せてある。幸との京での偶然の出会いは率直に話すことができた。

兄嫁はにこやかに笑い、幸と由吉を見比べながら、ずけずけという。三十を半ばほど過ぎていそうだ。

「お幸が急に京から戻ってきてビックリしていたところが、こんな立派な男が後を追ってくるなんて、それも東国の遠い国からなんだから、驚くやら恐れ入るやら。」

兄が追っかけるように低くつぶやく。

「由吉さんは侍なのかね、上州というから、それとももっと別の……」

無宿のやくざと見誤られてもそれは仕方のないことだろう。だがやはりそれでは困る。それに隠すところはない。

「祖父の代まで侍でしたが、父は刀を捨てました。わたしも少しはやっとうを習いましたが、刀は旅の用心に差しているだけです。むろん、心配されるような上州のヤクザ稼業とは無縁です。村では渡しの船頭だった祖父の手伝いをしていました。

現在は、その祖父も亡くなり、江戸で有名な洋学者の福沢諭吉先生の手伝いというか書生のようなことをして暮らしています。」

尋ねられればあくまでも率直に語ろう、そう最初から由吉は心決めしてこの家に足を入れたのである。するすると言葉が出る。

三人の弟たちは、あまりにも立派な体格の由吉と、五尺にとどきそうもない姉とに好奇の目を交互にやりながら、なにかいいたげなようだったが、黙って食事をし、食べ終わると見るや、すぐに兄嫁の声が飛ぶ。

「さあ、これから大事な話があるから、あんたがたは部屋に引っ込んだ、引っ込んだ。」

この家の主導権は、母親代わりの兄嫁にあるらしい。弟たちは由吉に黙礼し、素直に居間から姿を消した。


「由吉さん、お幸はどこか変わったように見えない。」

兄嫁の言葉に、お幸を見ると、ふっと弱々しそうに笑ったようだ。

「この子が帰ってすぐ気がついたのよ。どこのだれの子を宿したのか、一言もいわないの。それがあなたの子だったとは、そうなんでしょう、由吉さん。」

「お姉さん、わたしがいいます。わたしにいわせてください。

わたしは子を授かったとわかったとき、黙って産むと決めました。子を宿したことをむろん由吉さんは知りません。誰にも、何もいわず、京の店も辞めてきたのです。

まさか由吉さんがこんなに早く、しかもこの村にわたしを訪ねてくるなんて、予想だにしていなかったの。」

「お幸、こんなところまでお前を追うように由吉さんに訪ねてこられて、嬉しくないのか。そんなはずはなかろう。」

兄がもどかしそうに聞く。

由吉は、涙声になりそうなのをぐっとこらえた。両手を開きざま床にぐっとつけたので、自然と頭を下げた格好になる。

「わたしが迂闊でした。二十三といえばもう十分に責任のとることができる、とらなければならない年齢なのに、大事な幸さんのことをおもんぱかる心に欠けていました。

正直にいいますと、福沢先生の用事でたまたま京に参りましたが、もしこの偶然がなければ幸さんにどれほどの不安や苦しみを与え続けていたかわかりません。申し開きのほどもありません。お許しください。」

「いいの。謝らなければならないのはわたしのほうなの。心底、由吉さんの約束を信じられなかったの。江戸に知らせて梨のつぶてになったときのことを怖れてしまったの。」

と流れ落ちる涙のなかで幸がささやくように訴える。

「そうね。旅の身空の三日間だけ一緒だった男に、心から命を預けるのは、いかに気丈なお幸だって難しかったろうしね。そこんとこ、由吉さんわかってあげてほしいわ。」

兄嫁の言葉で、兄が由吉に酒を勧め、自分の杯にもなみなみと満たす。もう言葉はいらなかった。

その夜二人は抱き合った。幸のなかに育つ子を慈しむようなおだやかでやさしい交歓である。

「一つだけ約束してほしい。これからは大事なことだけはすぐにきちんと相談してほしい。いいね。」

「ええ、そうします。でも由吉さんは、東奔西走のおかたのようだから、大事なことだけにする。」

由吉は幸の肩に手をかけながら、
「子は江戸で産もう。二人が別れて暮らすのは、お互いにとってよくないし、生まれてくる子にとってはもっとよくない。おなかの胎児が落ち着いたら知らせてほしい。いや便りのあるなしにかかわらず、わたしがかならず迎えに来る。」
とさとすようにいう。幸は何度もうなずく。

由吉の足は軽かった。自分の子ができたという戸惑いはあったものの、嫁ばかりか、生まれて初めて二人の兄姉と三人の弟がいっぺんにできたのだ。

能勢村からまっすぐに南下する。次の日の夕刻には大阪の淀川に突き当たった。大阪の書店街のことは諭吉先生から聞いていたので、その日は予定通り高麗橋の近くに宿をとり、ゆっくり足を伸ばすことができた。

大阪の書店は心斎橋を平野町から北に進んで淀川（旧淀＝土佐堀川）にぶつかる木挽町まで、総勢五十を超える店が軒を並べている。

江戸が政都・学都、京が宗都・学都とするなら大阪は商都であり町人都である。しかし忘れてならないのは、この地は町人文化が花開いた街だったことだ。この町の西洋文化の象徴が、心斎橋筋の書店街の東、由吉がとった宿のすぐ近くにある、すでに閉鎖されたままになっているが、緒方洪庵の適塾である。諭吉が大阪で苦学した蘭学舎だ。旧適塾近くに宿を取ったことで、由吉は少しだけ諭吉先生に近づいたような気分になっている自分に気づき、思わず苦笑をこらえかねている。

翌日から京都と同じように書店一軒一軒を丹念に回ってみる。活気がある。店頭販売もやっているが、卸問屋が本業の大型店にとくに活況がある。そして驚いたのは、京では『西洋事情』の真版とならんで偽版が販売されていたのに対し、大阪では店頭販売と卸取引とにかかわらず、偽版の方が圧倒的に多く売買されていることである。

京・大阪・江戸三都には幕府の管轄下におかれた「本屋仲間」（組合）が結成されており、出版物にはかならず著者と版元を奥書しなければならないとされている。

ところが幕末から維新の混乱期、幕府支配・取締が瓦解し、新政府の権威がまだ確立していない。組合の仲間内の自主規制や検閲がゆるみ、信用第一とした大阪の商道徳が崩壊した。この社会情勢の変化が偽版横行の大きな原因だろう。しかし新政府の京・大阪裁判所（地方政府機関）と有力「仲間」が裏で手を組んで、偽版横行に拍車をかけている。

諭吉はこう推断していた。その諭吉に由吉はおおまかな出版界の現況を教わってきたのだ。

京大阪の書店を探索して、由吉なりにはっきりした証拠を二つほどつかかまえることができた。一つは『條約十一国』の「醍醐家蔵版」である。二つに見返しに堂々と「福沢諭吉著／西洋事情次篇慶応四年戊辰仲春附録万国商法」とある『西洋事情次編』（『西洋旅案内』の偽版）である。いずれにも「官許」とある。

この二冊に偽版があるのはわかった。しかしいちばん売れ、読者にも求められている『西洋事情』(初編)本体に偽版がないのはなんとも妙である。よくよく見比べてみても、偽造が巧妙で真偽のほどが判断できないのである。この巧妙さから推して、組合に加入していない零細の版元の仕事とはとうてい思われない。これにはカラクリがあるにちがいない。そう由吉には思えた。

しかしともかくも、出版許可を下し、「官許」の印を押す大本が、大阪裁判所の総督(すぐのち長官、大阪府知事)である。まずはそこから手がかりをえることができるかもしれない。しかも『條約十一国』の偽書を「醍醐家蔵版」として出版したのが、裁判所総督の醍醐忠順本人である。じつに怪しいではないか。「醍醐家蔵版」が醍醐忠順となんの関係もないなら、みずから取り締まってしかるべきなのに、その兆候はまったく見えてこない。

由吉は数日仮官舎の大阪裁判所に出向いて、動静をうかがって見ることにした。

出版許可を与える部署の窓口は狭いが、人の出入りが激しく、なかなか忙しそうだ。しかし偽版の発行者である醍醐が長に立っている役所である。長居して、目立ち怪しまれるのは禁物である。慎重にも慎重を期さなければならない。そのつど衣服も多少替え、いかにも急いできて、急いで帰るという風体をとり続けた。

三日目である。さしたる疑惑の感触をえることができなかったまま、その日も帰ろうとしているときのことだ。

「河内屋茂兵衛！」

という呼び出しの声がかかった。四十のなかばだろうか、恰幅のいいかにも上品な男が、下僚に奥の部屋に導かれるのを瞥見することができた。書物の表紙や奥付で何度か見たことのある名前だ。たしか大阪心斎橋筋博労町角河内屋茂兵衛という書肆だ。三都の本屋仲間の大店の一つで、その押し出しからいって、呼び出された男はおそらく主人だろう。

このとき由吉のアンテナにぴーんと引っかかるものがあった。一週間ほど京大阪で古書店を探索し回った経験知とも符合する。

すぐに役所の外で河内屋が出てくるのを待つことにする。が、なかなか出てこない。一刻半（三時間）も待ったろうか。外は薄暗くなりはじめた。しかし尾行にはちょうどよいころあいである。

河内屋は上機嫌の様子で少々酒が入っているのかもしれない、ゆっくりした足取りで西の方へ向かってまっすぐ進む。上町の寺町通をすぎてだらだらと坂を下る。心斎橋の自店へと向きを変えることもなく、西横堀川を渡りきって、西船場で足を止め、大きな扉の前で声をかけ、中に入っていく。通い慣れた道らしい。由吉はその場を確認してすぐ旅籠に退散することにした。

その日の真夜中である。由吉はゆっくり起き上がる。宿を抜け、夕刻、河内屋が消えた建物、といってもただの大きな変哲もない倉庫に向かった。万が一のための用意に怠りはなかったが、長刀は大阪に入って以来ずーっと腰にない。

建物の明かりは消えている。由吉はまず建物のまわりを一巡して、侵入口を探し、難なく内部に忍び込むことができた。思った通り、なかは大がかりな印刷所である。何百という版木がきちんと立てかけられており、刷り上がったばかりの半丁に折った紙片がうずたかく積まれている。うまい具合に月の光が明かり採りの窓から差し込んでいるため、かすかだが印字が確認できる。由吉は表紙と思われる数枚をとって素早く懐に差し込んだ。

宿に戻って行灯の明かりで点検すると、なんとその一枚にはまだ江戸で出版されていない「福沢諭吉纂輯西洋事情外編慶応三年丁卯季冬尚古堂発兌」の文字が黒々と刷られているではないか。

きっとあの印刷所には『條約十一国記』『西洋事情次編』の偽版もあるにちがいない。それにこれだけ大規模な偽版工作である。工場はあそこ一箇所のわけはなかろう。とすれば福沢諭吉著述の偽版は、出版を「官許」する政府機関と大書肆、それに投資する金貸し等の金融機関、大金に群がる闇の勢力等、官民闇の犯罪組織(シンジケート)と密接につながっているとみなければならない。容易ならざる相手である。

「由吉の任務は偽版実態の調査に限る。危険なことはくれぐれも避けよ。」

こう忠告した諭吉の言葉が何度も蘇ってくる。だが、決め手がまだ十分ではない。市場で大々的に取引されている偽版発行の動かし難い証拠をつかむ必要がある。今度が最後だ、成功すれば果実は何倍も大きくなる。そう念じて、一夜おいた日の未明、件の印刷所に潜り込む決心を固めた。

未明である。工場内には前回同様なんなく潜り込むことはできた。だが、内部の様子は一変していた。由吉は一枚の紙片を手にする暇も与えられぬまま、男たちにぐるりと取り囲まれ、工場の奥に追い詰められた。もっとも予想外のことではなかったが。

「網に引っかかったな。飛んで火にいる夏の虫だ。

この男、長身で目立つのが災いした。心斎橋筋の書店街で何度か姿を見かけた奴だ。役所でもちらっと姿を見たことがある。

昨日の朝、まっさきに足を踏み入れた印刷所内がどうもいつもの気配とちがう。しかとはわからないが、誰かがしのび込んだ痕跡が残っているような気がしてならなかった。用心していて幸いだった。」

十数人の屈強の若者を従えた親分格の男が、勝ち誇ったように由吉を見据えている。

「ところで、おまえは一体どこの誰なんだ、なんの用があって泥棒のような真似をする。返答次第によってはタダじゃすまされない。」

むろん由吉は無言のままである。裁判所で「河内屋！」とよばれた男は、どうも河内屋本人ではないらしい。社主自ら闇の中に潜んで敵を待ち受けるなんぞは、絵にならない。偽版制作販売の裏舞台は、もっと複雑なようだ。

「返答がないところを見ると、命が惜しくないらしい。おまえら、ぞんぶんに切り刻んでやれ！」

男が静かに号令を発すると、若者たちはいっせいに刀を抜いて襲いかかってくる。

そんな攻撃など眼中にないというように、由吉はまっすぐ首領格の男に直進した。男が余裕を持って剣を抜こうとして柄を握ったときには、男の右手首が血を吹いて取り囲んだ輪の一角まで飛んでいた。用心のために腰に差してきた業物がさっそく用をはたした。とくいの居合い技だ。

「ぎゃーっ！」

という悲鳴と同時に、男たちの表情は驚きと恐怖でふくれあがりはち切れそうになる。勇を振り絞って数人が由吉めがけてしゃにむに突っ込もうとするが、腰が引け手足が前に出ていない。

諭吉は体を開くこともせず、ひとりの右膝を浅く切る。そのまま反りを戻さず棒立ちになった背の低い男の横面を殴打し、返す刀で背を向けて逃げ出そうとする三人目の肩を撫でるように切った。この数撃で、完全に戦闘力を奪われた男たちは刀を握ったままその場に立ち竦む格好になった。

由吉、ゆっくり印刷所の中央に歩を進める。もはや背後の敵をうかがう気配も見せない。刷り上がったばかりの紙片の山をつぎつぎと突き崩してゆく。すぐにめざす数枚を手にすることができた。この間数十秒の間と思われた。そしてゆっくりと正面の引き戸を開き、身を印刷所の外においている。

だがそこからが速かった。いっきに半里ほども南に走ったろうか。あっというまに天王寺近くに身を移している。今度は向きを東にとり、振り向くこともせず上町台地の頂点まで進んでゆく。そして北上、くだんの大阪裁判所を大迂回したときようやく追跡気配のないことを確認し、じょじょに歩をゆるめて気配を消すように高麗橋の宿屋に戻った。すでにそここで人の動く音が聞こえている。

由吉、部屋にすべりこむや、はじめて両膝をついて肩で息をすることができた。頭は冷たいが、首から下が熱くしびれて自由がきかないように感じられる。……。

半刻ばかりがすぎる。薄明かりのなか急ぐふうも見せず、ていねいに勘定をすませた旅装の由吉が旅籠をでる。その足で迂回するように路を河内南部にとり、いっきに大和橿原を抜けて伊賀盆地に入った。いかに俊足とはいえ、名張に着いたときはすでに町屋の灯は落ちていた。そのままいっきに北上し、未明に鈴鹿には着いた。ようやく由吉の足は止まった。

宿で風呂を浴び、一息ついた由吉ははじめて懐中に忍ばせた厚手の一枚をとりだし、そこに、「福沢先生著西洋各国事情慶応四年初秋」とあるのを認めることができた。

4 対決

福沢諭吉は明治元年十月、新政府に対して「詳細」「丁寧」をきわめた美濃紙八枚にわたる「翻訳書重版の義に付奉願候書付」を提出した。ここで「翻訳重版」とは偽版のことである。

「詳細」とは、この願書に諭吉（由吉）が京大阪で内々裡に探索（内偵）した結果が反映されているからだ。京大阪で出された偽版の物証とは、

『西洋事情』二種、『西洋旅案内』二種、『條約十一国記』一種、『増補和解西洋事情』一種、『西洋

各国事情』一種の計七種。

諭吉は、書題だけを変えただけで内容はまったく『西洋事情』と関係のない最後の偽版を除いて、取締の上、版木没収、さらに売り上げ部数に応じて得た利益を没収の上、著者に下げ渡してほしいと記す。

「丁寧」とは、一つは願書の文章が非常にへりくだった調子になっているからだ。

「願書」の相手が「お上」（権力）だからだけではない。偽版の大本に京大阪の出版を取り締まる新政府機関のトップ（大阪府知事＝大阪裁判所総督）が直接関与しているからである。

「丁寧」になった二つ目の理由は、大阪の大手書肆（出版業者）が偽版出版・販売に直接絡んでいるからである。「盗人にも三分の理がある」といわれるとおり、偽版出版にも大きくいって二つの口実がある。

一、関東の訳書、有用といえども、京大阪まで流通しない。仕方なく重版（偽版）し、世の便に供する。

二、訳書は値が高い。これを翻刻すれば五分の一、二割ほど安くなる。廉価で良書を売り、多くの人の益に供する。

偽版はひろく世に便益を与えるという、士君子でさえ欺されやすい口実を、諭吉はあらかじめこの「願書」で封じている。

「労せずして功あるの理なし。」「功ありて報を得ざるの理なし。」

諭吉は翻訳業の「一辛一苦」を噛んで含めるように語り、数日のあいだに他人の「大功を盗み」「見苦しき粗本を製する」偽版者の破廉恥を糾弾する。

つまり諭吉は偽版横行のカラクリを見破ればこそ、藪を突いて蛇に噛まれない用心の下で願書を書いたのだ。

新政府はこの願書を受け取ったものの、握りつぶす他なかった。といっても「偽版」のあからさまな横行を一定程度抑える手立てを講じる「通達」程度のことはせざるをえなかった。遅ればせながら（別な理由を伏して）大阪府知事を更迭している。

それもこれもあって、神田孝平や諭吉をはじめとする著作権擁護の論陣があって、明治政府は「出版条例」を明治二年（1869）五月十三日に公布せざるをえなくなった。二十箇条からなるこの法は形だけのものだとはいえ、出版取締を基本とする著作・版権保護の側面をもっていた。

「一、図書を出版する者は官がこれを保護し、専売の利を与える。保護の年限はおおむね著述者の生涯中に限るが、その親族が保続しようとするなら許す。」

「一、重版の図書は版木製本ことごとく官に没収しかつ罰金を科す（これを売り広めるものもまた同じ）。罰金の多少は著述者出版人の損害の多少に準じる。

ただし罰金は著述出版の本人へ付与する償金とする。」

といっても、著作・版権保護の法は「ざる」法で、京大阪での偽版制作販売は、手を変え品を変えて横行し、諭吉たちの再三にわたる訴えも無視され続けた。由吉の偽版探索はこのあともつづくが、ここではひとまずこれまでとしよう。

ところで、由吉の嫁になった幸が摂津能勢から大きくせりだしつつあるお腹を抱えて東京に出てきたのは、明治元年（慶応四年）八月のことである。もとより由吉が一緒であった。ちょうど諭吉が幕臣を退くことを最終的に許可され、晴れて平民となったときに当たった。

由吉幸の二人は、諭吉に挨拶に伺ったあと、諭吉が用意しておいた新銭座の新塾（四月に慶応義塾と名のる）からほど近い神明町の長屋に居を構えることになった。まわりはにぎわいのある建具職人の街だ。

だが時代の激動はまだ終わっていない。というか江戸でははじまったばかりである。

由吉が所帯を構えたのは、ちょうど幕府海軍副総裁榎本武陽が幕府艦隊を率いて品川港を脱走したときにあたっていた。諭吉が大坂適塾から伴ってきたもっとも古い弟子の古川節蔵（岡本周吉）も、榎本艦隊とともに江戸を脱出するというハプニングがあった。その岡本、洋学の才を買われ、旗本古川家の養子跡継ぎになり、塾を出ていた。

世情はまだまだおさまる気配を見せていない。むしろ戦闘気分は高まっている。それにおされて義塾では塾生が激減し、すでに二十名を切っていた。諭吉は禄を離れた。著述での収入は順調だが、慶応義塾の経営にも暗雲がたれ込めたままである。

　明治へと年号が改まる少し前のことである。

　この日も上方へ送る『西洋事情』外編千五百部を見届けに向かった神明町の岡田屋（書店）からの帰り道でのことだ。ようやく涼しい風が吹いてきた夕暮れ時で、いつものように諭吉に付き従っている由吉に向かって、

「新しい生活も落ち着いた頃でしょう。あいもかわらず偽版には手こずっているが、新刊書のほうはあいかわらずいい出足だ。とくにということはないが、例のところで一杯やろうじゃないか。」

と、新銭座の新塾に近い居酒屋に諭吉が誘うと、由吉も快く応じた。珍しいことだ。諭吉は独酌を好む。由吉は勧められなければ飲まないのだ。

「それにしても、いくら旗本の株をもったからって、筆の岡本が副総裁の榎本なんぞの誘いに応じ、ボロ船で江戸を離れる何ぞは狂気の沙汰じゃないか。由さんよ……。」

　由吉は無言で応じる。

「勝さんだって、ましてや釜次郎だって、海で戦う男じゃない。弘安や才助はイギリス艦隊と砲をまじえた経験はあるだろう。だから砲の恐ろしさだけは十分に知っているはずだ。それさえも榎本や節蔵にはないいじゃないか。まったく……。」

　諭吉が榎本を釜次郎と、（岡本）周三を改名した（古川）節蔵とよぶ。愚痴が混じっている、と由吉には聞こえる。

「幕府は滅びたんだ。木偶じゃないか。新政府は蝋人形のように見えるが、心臓もあり、脈打ってもいる。まだました。偽版の件だって、まるでいきあたりばったりのように見えるが、たしかに手応えだけはある。そうだろう。」

こんどは「ええ、」と答えたが、あとを続けようがない。そんなようすの由吉を見てか、

「由さんよ、お幸さんはじつにいいね。かわいい。子ももうすぐだろう。いずれ本格的な新塾を建設するときは、中津から母を迎えるが、由さんの家族も敷地内に呼びたいものだ。錦も喜ぶよ。」

諭吉の話は、どんどん飛んでゆく。

一刻ほどゆっくり飲んだだろうか。諭吉の酒量はとみに落ちはじめている。まだ三十代の半ばにも達していないのに、いかにも早すぎる。よほど第二回目の渡米事件がたたっているのだろうか。それに大規模な内戦がはじまりだした。そこにすすんで出て行く人があとを絶たない。まわりが寂しすぎるようになった。塾生たちの元気な声も途絶えた。木村喜毅さんも田舎に引っ込んだ。話もしんみりしたものに終始する。それでも諭吉は愚痴や泣き言をけっして口には出さない。一通り食べ飲み終わった。話も弾むところはない。

由吉はいつものように諭吉を塾まで送り届け、お幸のいる長屋に戻る途中であった。

神明宮の直前で前方にいくつかの影が闇の中からゆっくりと浮かび上がった。同時に後方から異様な殺気が迫ってくるのが感じられる。

「大阪では手下が世話になったようだが、今夜はその礼がしたい。」

どこでどう由吉のことを知ったのか、単刀直入な挨拶とともに、前方からおよそ十数人だろうか、侍と町人が混じった無頼（ヤクザ）とおぼしき一団が由吉の前に姿を現した。人通りはまだ途絶えていない。物騒なことに、先頭の数人はすでに抜刀したまま、いっきに由吉めがけて襲ってくる。

〈殺しはよしな！〉

竜馬の声がはっきり耳元で囁（ささや）く。だがこのたびは敵の数が多すぎる。鞘を走り出た由吉の切っ先が先頭の侍の突きをかわして軽く小手を叩いた。峰は返されているので、ガッという食い込むような短く鈍い音がするばかり。由吉はむだな動きはいっさいせず、いつもよりきびしく手首、膝、腰、顎、肘というように、左右から襲う相手の体の突出部分を直線的に強く叩いている。あっというまに襲撃者で動ける人数が少なくなっていった。

刺殺者たちの動きが完全に止まったとき、背後で一度聞いたらけっして忘れることのできない声が響いた。

「福沢諭吉の用心棒殿、福沢をやる前に、まず君をやらなければならないといったが、お待たせした。今日は決着をつけよう。」

背を返した由吉が、

「あなたが偽版グループの用心棒だったというのは意外です。そのうえに諭吉先生の命をねらうなぞは許されていいことではありません。」

といつになく舌で鋭く応じつつ、由吉はゆっくりと刀を鞘に戻した。

相手は北辰一刀流と名乗った。が、何流であれなまじのことで打ち負かすことができる相手ではないことは、先の短い対決でいやというほど由吉は思い知らされている。

男はゆっくりと剣を抜き、やわらかく中段に構える。その自然体の立ち姿がじつにいい。

由吉の剣はまだ鞘のなかにある。相手は居合を警戒する姿勢になっている。そういうなかを由吉は委細かまわず一直線に相手の間合いのなかに飛び込んでいった。頬の横をすさまじい唸りを上げて相手の剣先がかすめるのを感じつつ、身を投げ出すようにして由吉は一筋の光を放った。

二人の対決をほどよい距離から凝視している者の目には、細い光がきらめきつつ男の首筋をめがけて半円を描いて走ったと思えたにちがいない。

その瞬間、ビシーンという鋭い金属音とともに、由吉の右手に激震が走った。二つに断ち折られた薄い鋼板の片割れが由吉の手元に残されている。

はっとしたときはすでに相手の突きが由吉の胸めがけてまっすぐに伸びてくる。地面をはうようにしてその突きから反射的に逃れることができたのは、前回の速く深い突きの残像が由吉の体に残っていたからだろう。

「お前さんは妙な技を使うな。いったい何流なのだ。」

「天真流を習っただけです。目録なんぞはありません。」

「天真流など聞いたこともない。目録なしでその腕とは、お見それした。」

「上州の田舎剣術ですよ。わたしだって、三人しか使い手を見知っていないんですから、稀少というべきでしょう。」

由吉は切断された獲物を捨て、再び剣を構える間をえるために、しなれぬ舌戦に応じようとしたが、そんな由吉の魂胆にはお構いなしに、相手の攻撃は次から次に繰り出される。だがこの由吉のピンチを救った者たちがいた。

つい先ほどまで由吉の激しい攻撃を目の当たりにしたため、刀を構えたまま身動きできずにいた数人が、剣を抜けぬまま右往左往している由吉に向かって突進してきたのである。二人のあいだに男たちが割って入るという形ができた。ために、剛剣で攻めまくる男と刀を抜く暇も与えられずに守勢一方にたつ由吉とのあいだに、わずかだが緩衝地帯ができた。

この一瞬の間が、手のなかに残ったままの獲物を捨て、居合を放つチャンスを由吉に与えた。最初の男の膝が割られ、はじめて鮮血が飛ぶ。

「いらぬことをするな！」

剛剣士は鋭い声を飛ばし、もういちど体を投げ出すようにして必殺の突きを由吉めがけて放った。そのとき男の視界の端にわずかだが立ち竦む人の影がかすかによぎったのである。相手の突きに刃を合わせるように由吉の突きが伸びてゆく。影を感じた分だけ相手の突きに誤差が生じた。男の切っ先は由吉の左腕をえぐり取ったが、由吉の剣は相手の剣上を滑るようにして男の右肩深くに達していた。

男はどすんと仰向けに倒れた。剣は右手にしっかり握られたままである。由吉は左腕から滴り落ちる血潮を袖口で強く抑えながら、肩で息をして突っ立っている。

相手を見据えるように由吉はおだやかに発した。

「もう二度とお会いしたくはないですね。」

由吉は真っ二つに折られた薄鋼板を拾い、あとも見ずに歩み去る。

「相手は強かった。が、いちども死の淵に立つほどには追い込まれなかった。」

と小さくつぶやく由吉の声と掘割に捨てられる獲物の音とは、いずれも強敵の男に届くはずもなかっただろう。

この「対決」を、由吉は、諭吉はもとより妻の幸にも語ることはなかった。そのかわり、忙しい由吉の課業にいまひとつのことが加わることになる。

鷲田小彌太（わしだ・こやた）
1942年、白石村字厚別（現札幌市）生まれ。1966年大阪大学文学部（哲学）卒、73年同大学院博士課程（単位修得）中退。75年三重短大専任講師、同教授、83年札幌大学教授。2012年同大退職。
主要著作に、75年『ヘーゲル「法哲学」研究序論』（新泉社）、86年『昭和思想史60年』、89年『天皇論』、90年『吉本隆明論』（以上三一書房）、96年『現代思想』（潮出版）、07年『人生の哲学』（海竜社）、07年『昭和の思想家67人』（PHP新書〔『昭和思想史60年』の改訂・増補〕）、その他91年『大学教授になる方法』（青弓社〔PHP文庫〕）、92年『哲学がわかる事典』（実業日本出版社）、2012年～『日本人の哲学』（全5巻、言視舎）ほか、ベストセラー等多数。

装丁……山田英春
編集協力……田中はるか
DTP制作、カバーイラスト……REN

福沢諭吉の事件簿 I

発行日❖2019年6月30日　初版第1刷

著者
鷲田小彌太

発行者
杉山尚次

発行所
株式会社**言視舎**
東京都千代田区富士見2-2-2 〒102-0071
電話03-3234-5997　FAX 03-3234-5957
https://www.s-pn.jp/

印刷・製本
中央精版印刷㈱

ISBN 978-4-86565-150-8　C0093